メンデルスゾーンとアンデルセン

Mendelssohn and Andersen ○Nakano Kyoko○Naruse Osamu

中野京子＝著
成瀬 修＝絵

さ・え・ら書房

メンデルスゾーンとアンデルセン

もくじ

装丁　久住和代

第一章　再会のとき

ドイツの五月は喜びの季節だ。古くからの民謡《みんよう》に、「五月はなんと美しく花ひらくことだろう」とうたわれているとおり、キンポウゲ、ヒヤシンス、スミレ、ツツジ、フジなどがいっせいに咲《さ》きほこって、長くきびしい冬の終わりを告げ、ちぢこまっていた人の心をうきうきと照らしだす。町の広場には花輪をかざったマイバウム（五月柱）が立ち、多くの家々も窓べにマイエン（白樺《しらかば》の若枝）をリボンで結んで、待ちこがれた陽光の到来《とうらい》を祝いあう。

そんな五月の、おだやかに晴れた午後のこと。広場へむかうおおぜいの着飾《きかざ》った人々とは逆方向へ、黒い山高帽《やまたかぼう》をかぶったひとりの背の高い男が歩いていた。使いこんでところどころはげた薄茶のステッキをにぎりしめ、大またで猫背《ねこぜ》気味に歩くようすは、どこかマリオネット人形のぎくしゃくした動きを思いださせる。ひょろ長いその顔は陽《ひ》に焼け、小じわが目立つ。こけた頬《ほお》ととがった鉤鼻《かぎばな》、涙《なみだ》をためっぱなしにしたような、薄《うす》緑色の悲しげな眼——。

すぐかたわらを、「うたえ、うたえナイチンゲール、森のかわいい小鳥さん」と、声はりあげて少年が走りぬけてゆく。そのうしろすがたをしばらく見おくって、ふたたび男はゆるやかにカーブした坂道を歩きだし、まもなくマイエンのリボンがひるがえる切《き》り妻《づま》屋根の家へ近づいた。門をくぐったとたん、カタ、カタ、カタとするどい音につづいて赤いくちばしのコウノトリが、屋根にある巣から、まばらな木立のむこうへ飛んでいった。音は、この鳥がくちばしを鳴らしたものだ。白い羽を悠然《ゆうぜん》とはばたたかせたそのすがたを見あげ、男はほほ笑む。春のおとずれとともに遠くアフリカからやってくるコウノトリは、幸せをはこぶ神聖な鳥であり、家に巣がかかるのはとても縁起《えんぎ》のよいことといわれている。ここの家族が守られているしるしだ。

玄関《げんかん》ドアのノッカーをたたくと、すぐ執事《しつじ》が出てきた。

「こちらはリンドさんのお宅でしょうか。わたしは……」

「アンデルセンさまでございますね。どうぞお入りください。お待ちいたしておりました」

ハンス・クリスチャン・アンデルセンはうなずき、少し身をかがめて中に入った。帽《ぼう》子《し》とステッキをあずけ、客間へみちびかれながら、無意識に髪《かみ》をなでつける。客間へは深呼吸してから勢いよく足をふみいれたが、金色《こんじき》の陽《ひ》ざしがあふれているだけで、人のすがたはまだなかった。こじんまりした居心地《いごこち》よい部屋だ。あけはなった引き窓をとおして、庭の花の甘《あま》い香《かお》りがただよってくる。

アンデルセンは執事《しつじ》のすすめる椅子《いす》には見むきもせず、書棚《しょだな》のわきにかけられた大きな肖像画《しょうぞうが》の前へだまって立った。若き日のジェニー・リンド。この絵のミニ・コピーは彼自身も持っているのに、しかもこれまでいくたびも見かえしてきたというのに、まるで初めてのようなふしぎな感動をおぼえずにいられない。

なつかしいジェニーは野原を背景に斜《なな》めのポーズをとり、顔をこちらへ向けていた。濃《こ》い栗《くり》色の髪《かみ》をまんなかで分け、耳もとでカールさせている。凝《こ》ったレース襟《えり》のついた半そでドレスを着て、丸い肩《かた》を半分出している。胸《むな》もとのブローチ以外はネックレスもイヤリングもつけず、手袋《てぶくろ》もしていない。一見《いっけん》、地味なふつうの娘《むすめ》さんと変わりない。知らない人は、この素朴《そぼく》な女性が世界的プリマドンナとは想像もつかないだろう。顔立ちも平凡《へいぼん》で、やや大きめの丸い鼻を、本人はいつも気にしていた。けれど目が、一途《いちず》な灰色の目が、深い宗教心を語り、彼女の顔に一種の神々《こうごう》しさと独特の輝《かがや》きをあたえている。

——これこそジェニーの魅力《みりょく》だ。

アンデルセンはつぶやき、やっと肖像画《しょうぞうが》の前をはなれた。

大理石の暖炉《だんろ》の上に、〈リンド着せかえ人形〉がかざってある。これもアンデルセンは、前に買いもとめたことがあった。ジェニーのすがたをかたどった少女向け商品として、各地に出まわった厚紙のおもちゃで、彼女が得意としていたオペラの『ノルマ』や『連隊《れんたい》の娘』のヒロイン用ドレスが付録についており、着せかえて遊べるようになっている。オペラ歌手でこんな人形になった例はあまりない。当時のジェニーの人気が、いかに絶大《ぜつだい》だったかのなによりの証拠《しょうこ》だった。

次いでアンデルセンは人形のそばの額入り写真に目をとめ、しげしげと見つめた。先ほどの肖像画から十年ほどたったジェニー——きまじめな表情は変わらず、年齢《ねんれい》とともにいよいよ高い精神性をしめしている――と、彼女にぴったり寄りそうオットー・ゴールドシュミット。ジェニーより九歳《さい》年下のこの若い夫は、たいせつな宝ものを失うまいとするかのように、妻をしっかり抱《だ》きしめていた。思わず知らずアンデルセンは、オットーの細おもての顔に、フェリックス・メンデルスゾーンのおもかげをさがしてしまう。ひたいの広さだけが似ていなくもないが、それを言えばアンデルセンのひたいだって、同じくらい広かった。

「お兄さま！」

突然《とつぜん》うしろから声をかけられ、アンデルセンは半回転して、あやうくふみとどまった。ドアのあく音にまったく気づかなかった。頬《ほお》がほてる。

「うれしいわ、いらしてくださって」

スカートの衣《きぬ》ずれの音も高く、ジェニーが胸にとびこんできた。

「ジェニー、ああジェニー」

彼女のあたたかな背中に手をまわしたとたん、さまざまな思いがこみあげてきて、涙《なみだ》をおさえることができない。あらためて見つめあうと、ジェニーの目もうるんでいる。

「七年ぶりですわね、これほど長くお会いしていなかったなんて……」

「ジェニー、あなたが新大陸まで制覇《せいは》したと聞き、どんなに誇《ほこ》らしかったか」

「ありがとう、お兄さま。お兄さまの童話こそ、世界中でだれひとり知らない人はいません。もちろんアメリカでもそうでした」

ジェニーが「お兄さま」と口にするたび、今さら、と思いつつアンデルセンは少し胸が痛む。「これからはお兄さまと呼ばせてくださいね」と告げられた日のことを、まざまざと思いだす。それはやんわりした拒絶《きょぜつ》だった。ふたりの間にあるのは兄妹のような愛情であって、恋《こい》ではない、とジェニーから遠まわしに伝えられた日……。

「それにしても、今日はほんとによくいらしてくださいました」

「ご招待、心から感謝します。いつも変わらぬ、我《わ》がナイチンゲールさんへ」

アンデルセンは、おみやげに持ってきたスミレの花束を手わたした。彼女はしとやかなしぐさで香《かお》りをかいでから、

「お兄さま、ご紹介しますわ。オットーです。ご存知かもしれませんが、わたしたち三年前、ボストンの教会で式をあげましたの」

妻とアンデルセンの再会をじゃましないよう、戸口で見まもっていたオットーがおずおずと近づいてきた。写真よりずっとやさしく柔和《にゅうわ》な笑《え》みをうかべている。ひとめ見てアンデルセンは、この人なら生涯《しょうがい》かけて妻を守るにちがいないと確信した。ジェニーは正しい判断をしたのだ。聞くところによれば、ピアニストのオットーはライプツィヒ音楽院でメンデルスゾーンからじきじきに手ほどきをうけ、演奏ぶりは師ゆずりだという。昔からジェニーのファンで、その才能に心酔《しんすい》し、彼女のアメリカ公演のとき伴奏《ばんそう》をうけもったのが縁《えん》で結ばれた。式にはメンデルスゾーンが作曲した〈結婚行進曲〉（『真夏の夜の夢』から）を流したという。

オットーはアンデルセンと握手《あくしゅ》しながら声をうわずらせ、

「ご高名《こうめい》はかねがねうけたまわっております。と言うより、ぼくは子どものころ、あなたの童話を栄養に育ったようなものです。『スズの兵隊』『人魚姫《ひめ》』『みにくいアヒルの子』『おやゆび姫』『雪の女王』『裸《はだか》の王様』……くりかえし読みました。ジェニーからもいろいろ話を聞いていたので、いつかお会いできるだろうと、とても楽しみにしていました」

「それはそれは。で、ジェニーはわたしのことをなんとお話ししたのでしょう、少し恥《は》ずかしい気がします」

「大恩《だいおん》のあるお方だと。あなたが働きかけてくださらなければ、人見知りの自分がスウェーデンという田舎《いなか》からとびだすこともなかったろうし、大都会ベルリンやロンドンでデビューすることもできなかったと」

「大恩だなんて。ジェニーほどの才能が、埋《う》もれるわけはないのです」

ちょうどそこへ、乳母《うば》が赤ん坊《ぼう》を抱《だ》いてあらわれた。子ども好きのアンデルセンは思わずかけより、ぽっちゃりした男の子のほっぺたをつつく。

「息子のウォルターです。生まれて半年ちょっとになります」

「なんてかわいらしい。天使のようだ」

お世辞ではなく、心の底からそう思う。くりくりした目のウォルターは、ジェニーにおもざしが似ていた。アンデルセンはまたも胸がつまり、あやうく泣きだしかけるのをこらえて言った。

「童話の朗読をしてあげられたらよかったんですが、いくらなんでもウォルター君にはまだ早いね。あ、そうだ、切り絵をひとつ」

アンデルセンは色紙をもらうとそれを二つに折り、胸ポケットから取りだした小さなハサミですばやく大胆《だいたん》に切りぬいていった。もっさりした身体と無骨《ぶこつ》な指先からは想像もつかない器用さで、たちまち切りおわると、それをていねいにひろげる。

「おやまあ！」

乳母《うば》が大声をあげたので、みんなは笑った。でもたしかに歓声をあげたくなるほど、それはすばらしいできばえだった。さっきまでただの四角い紙にすぎなかったものが、大きな翼《つばさ》をもつ天使に変わっている。胸にはハートもくりぬかれていた。

「すてきだわ。お兄さま、どうもありがとう。さっそく子ども部屋にかざっておきます。ウォルターが大きくなったら、きっと感激しますわ」

切り絵はアンデルセンの得意だった。各国の王侯《おうこう》貴族や芸術家たちからたえず招待をうけていた彼は、もてなしのお返しとして自作を朗読したり、その家に子どもがいればかならず切り絵をつくって贈《おく》った。かなり複雑で凝《こ》った作品もつくれたので、時にはおとなからもねだられるほどだ。一メートル四方《しほう》の大作を仕上げたこともある。

ひとしきりウォルター坊《ぼう》やの相手をしたあと、夫妻とアンデルセンはこの七年間のあれこれを語りあった。ジェニーの話はなんといっても、一八五〇年から一年半以上にわたったアメリカ大ツアーのことだ。そのしばらく前にオペラ歌手を引退し、コンサート歌手や教育者としての道を順調に歩みはじめていたのだが、彼女の人気に目をつけた興行主がぜひにと企画《きかく》したもので、ニューヨーク、ボストン、フィラデルフィア、ニューオーリンズなど各都市をまわり、百回近いコンサートをこなした。どこでもチケット完売の絶讃《ぜっさん》を博したが、なかでもボストンでは八ドルの入場料に対し、六二五ドルという法外《ほうがい》なプレミアがついて評判を呼んだ。ジェニーが〈十九世紀最大の歌手〉との評価を得たのは、実にこのツアーの成功による。

「お兄さまもぜひ一度はアメリカをごらんになるといいですわ」

「そうだね。でも新大陸は遠い」

「旅なれていらっしゃるのに、そんなことを」

たしかにアンデルセンは、この時期だけでもイギリス、スコットランド、ドイツ、イタリアと、あいかわらず旅また旅の連続だった。もちろんそのさいちゅうも童話や紀行をつぎつぎ発表していたし、スウェーデン国王から北極星勲爵位《くんしゃくい》、ヴァイマル大公から白鷹勲章《しろたかくんしょう》、デンマーク国王から教授の称号《しょうごう》など、いくつかの名誉《めいよ》にもめぐまれた。

「ロンドンへ行ったとき、うれしいことがあったのですよ、ジェニー。あなたの胸像を制作した彫刻家《ちょうこくか》のダラム氏が、その対《つい》として、わたしの胸像も彫《ほ》ってくれたのです」

「見ましたわ。りっぱな胸像でした」

「いやあ、実物より良すぎて、照れてしまいます。でもきっと天国へ行けば、わたしの顔もああなるにちがいありません」

アンデルセンは自分がみにくい大男であることも、〈デンマークのオランウータン〉と陰口《かげぐち》をきかれていることも知っていた。

「ところで、また自伝をお書きになっているそうですね」

と、オットーが聞く。

「ええ、来年はわたしも五十歳《さい》ですし、デンマーク版全集が出ることになったので、ひとつの区切りとしてきちんと書きのこそうと思っているのです。ジェニー、あなたのことも書かなくては」

「わたしも登場させてもらえますのね」

「もちろんですとも。もう三分の二は終えているのです。出だしはこうです」

アンデルセンはよくとおる声で、暗誦《あんしょう》しはじめた。

「――わたしの生涯《しょうがい》は、波乱にみちた幸福な一生だった。それはまるで一篇《いっぺん》の美しい童話のようだ。貧しい少年だったわたしが、たったひとりで世の中へ出たあのころ、仮に運命の女神があらわれて、『さあ、おまえの進みたいと思う道をえらぶがいい。わたしがおまえを守り、みちびいてあげよう』と言ったとしても、これほどまでに幸福に、賢明《けんめい》に、巧《たく》みにみちびかれはしなかっただろう」

三人はしばし物思いにふけった。いつしか窓の外には夕闇《ゆうやみ》がたれこめ、青みがかったガラスぶたのランプが、室内を淡《あわ》く照らしている。

執事《しつじ》が、夕食の準備のできたことを告げにきて、みんなは食堂へ移動した。盛《も》り花《ばな》のかざられたテーブルで、心のこもった料理がふるまわれる。アンデルセンとジェニーの出身地、北欧《ほくおう》の名物、酢漬《すづ》けニシンやウナギの燻製《くんせい》なども出た。あいかわらずジェニーはワインもお茶もコーヒーも飲まない。以前アンデルセンは、彼女がなにかに願《がん》かけでもしているからだろうと思ったが、そうではなく、たぶんこういうやり方で神に自分の幸運を感謝しているのだろう。ジェニーと同じく苦労の味をよく知るアンデルセンには、その気持ちがわからないでもない。

食後、また客間へもどるとアンデルセンは、一曲でいいから歌をうたってほしいとジェニーにせがんだ。さいしょ彼女はためらっていたが、「ではお兄さまのために」と立ちあがり、タウバート作『なぜか歌わずにおられない』を静かにうたいだした。かつてショパンが彼女の声の美しさを、「髪《かみ》の毛の艶《つや》にもたとえられる、なめらかさ」とたたえたが、それは今なお少しもおとろえていなかった。

またもアンデルセンは、すぎた恋心《こいごころ》を思って切《せつ》なくなる。だが歌の余韻《よいん》にしばらく目をとじているうち、ふしぎなことに、「これでよかったのだ」という晴れやかな心持ちになってきた……。

「ウォルターのようすを見てきます」

オットーがそう言って部屋を出ていった。よく気のつく彼は、妻とアンデルセンのふたりだけで話したいこともあるだろうと、席をはずしてくれたのだ。

「やさしいご主人ですね」

「オットーはわたしより年下ですけれど、信仰《しんこう》の面でも人格面でもわたしよりずっと大人なので、いつも支えられております。音楽的にも、フェリックスの次に尊敬に値《あたい》する人だと思っていますし」

ふいにメンデルスゾーンの名前が出てきたので、アンデルセンはどきりとする。

「フェリックスは気の毒でした。だれがあんな最期《さいご》を想像したでしょう」

「ええ、ほんとに……なにひとつ欠けるところのない、めぐまれたお生まれで、しかもまだ三十八歳《さい》。わたしのためにオペラを書いてくださると、あんなに約束してくださったのに……」

ジェニーの語尾《ごび》はふるえている。メンデルスゾーンの急死から七年もたつのに、まだ彼女の記憶《きおく》にはなまなましいのだろう。アンデルセンは、自分たちにつけられたあだ名を思いださずにいられなかった。ジェニーは〈スウェーデンのナイチンゲール〉、メンデルスゾーンは〈ドイツの幸福な音楽家〉、自分は〈オランウータン〉……。

「ちょうどロンドンで共演されていたんでしたよね」

「そうです。でも途中《とちゅう》でフェリックスは、お子さんが病気だからとドイツへ帰られました。まもなくわたしもスウェーデンへもどり、そこで訃報《ふほう》を聞いたのです。とても信じられなかった。ショックでした。言葉にならないくらいショックでした」

当時ジェニーがどれほどの衝撃《しょうげき》をうけたかは、その少しあと突然《とつぜん》、テノール歌手ジュリアス・ギュンタと婚約し、すぐまた破棄《はき》したことにもあらわれている。これまでの彼女からは、とても考えられない軽はずみな行動だ。

実をいえば、ギュンタとの婚約を知ってアンデルセンは、完全にジェニーへの思いを断ち切ったのである。その意味で、七年前の一八四七年という年は、だれにとっても運命的な年だった。

「フェリックスの急死は、爆風《ばくふう》みたいにみんなをなぎ倒《たお》しましたね。友人がおおぜいいて、だれからも好かれていましたから」

「でもお兄さま、お読みになりましたか。彼が亡くなってまもなく、リヒァルト・ヴァーグナーが新聞に『音楽におけるユダヤ主義』という論文を書いたのですよ。ひきょうなことに匿名《とくめい》で」

「知りませんでした。どんな……」

「ユダヤ人には良い音楽などつくれない、だからメンデルスゾーンの作品も人まねで、なんの感動もあたえない、と攻撃《こうげき》したのです。ヴァーグナーはあれほどフェリックスの世話になりながら、なんという恩知らずなのでしょう。しかも芸術的な批判ならまだしも、自分の名前はかくして、人種をもとにののしるとは」

「なぜ人は人を差別するのだろう。悲しいことだ」

ヴァーグナーの尊大《そんだい》な顔つきが、記憶《きおく》の底からうかびあがる。

「ごめんなさい、つい興奮して他人の悪口をいうなんて、恥《は》ずかしいことですわね。でもあの論文が火種《ひだね》となって、フェリックスの作品を否定する風潮《ふうちょう》がでてきているのが、わたしにはつらいのです。いずれ差別主義者たちの言いがかりなど忘れられ、彼の独創性や偉大《いだい》さが再認識されるものと信じていますが……」

アンデルセンはだまってうなずく。彼にとっては苦手な話題だった。政治や戦争、人間のみにくい心は、いつでもアンデルセンをふるえあがらせた。

「それにしてもフェリックスは幸せと成功を約束されて生まれてきて、しかもこれからまだまだ活躍《かつやく》できたはずですのに、残念というよりくやしくてなりませんわ」

「……幸せとは何なんでしょうね」

アンデルセンはつぶやいた。するとジェニーはふと部屋のすみへ視線を向ける。そこにはヴィクトリア朝《ちょう》様式の、優雅《ゆうが》な曲線をえがく椅子《いす》がぽつんと置いてある。彼女がなにげなく目をやっただけなのはわかっていたが、それなのになぜだかその椅子にメンデルスゾーンが腰《こし》かけているような気がした。例のごとく、いかにも洗練されたすきのない服装に身をかため、自信ある男性だけができる自然なリラックスした態度で足を組み、知的なからかうような目を輝《かがや》かせている。ジェニーが心魅《ひ》かれたのは当然かもしれない。

「幸せ……わたしはフェリックスの『エリヤ』や『ヴァイオリン協奏曲《きょうそうきょく》』を聴《き》くたび、魂《たましい》が満たされるのを感じます。それを幸せと呼んでいいような気がするのです」

ジェニーは、見えない相手に語りかけるかのように言った。アンデルセンも、まるでメンデルスゾーンを前にしたみたいに、

「なんとうらやましい人だ」

その言い方になにか感じたのか、ジェニーは我《われ》にかえり、ふたたびアンデルセンへ視

線をもどした。

「お兄さまも、物語を書いているときはお幸せでしょう？」

「わたしはこうしてただ生きているだけで、もう幸せです。なんと生きることの楽しさよ！」

ジェニーはやっとほほ笑んだ。しかしすぐまたまじめな、思いつめた表情になり、

「お兄さまもフェリックスも、作品が後世《こうせい》にのこるのですから、うらやましいわ。それにくらべてわたしの声はのこらない」

「そんなことはありませんよ、ジェニー。あなたの歌声は永遠に語りつがれるでしょう。わたしが保証します」

「いいえ、そういう意味で言ったのではありません。文字どおり、わたしの声はわたしの死とともに終わるのです。そこが作家や作曲家とはちがう、歌手や演奏家のつらいところです。わたしも具体的に人の役にたつものを死後までのこしたい。いずれ小児病院を建てようと思っているのですが、お兄さま、どうお思いになる？」

「すばらしい！ ほんとに気高《けだか》いことです」

いかにもジェニーらしい考えだった。すでに彼女はめぐまれない音楽家の卵たちのために、〈リンド奨学基金《しょうがくききん》〉制度もたちあげていた。オペラのプリマドンナという派手な生活をおくっていたときでさえ、彼女は信仰心篤《しんこうしんあつ》く、少しも華美《かび》に流されなかった。芸術よりも家庭を、小説よりも聖書を、ぜいたくよりも神とともにある生活を、との姿勢をつらぬいてきた。こんなすばらしい女性を妻にできたオットーこそ、幸せな勝利者というべきではないだろうか。

そのオットーが部屋へもどってきたのを潮《しお》に、アンデルセンは立ちあがる。

「さっき、おうちの屋根にコウノトリが巣をかけているのを見ました。あなたたちにお会いして、言い伝えはほんとうだったとよくわかりましたよ。ジェニー、オットー、今日は幸せのご相伴《しょうばん》をさせていただき、心から感謝します。ありがとう」

「お兄さま、またお会いできますわね」

「ええ、またきっと」

しかしそう言いながらジェニーもアンデルセンも、これが最後ということをどこかでかすかに感じていた。かつてひとつの出会いがあり、別れがあり、こうして再会はしたけれど、それは永遠の別れを告げる儀式《ぎしき》のようなもの。その儀式で、ふたりは率直にメンデルスゾーンについて語りあわねばならなかった。やっとそれができたことで、たがいの心をおおっていた霧《きり》が晴れた気がする。

最後にアンデルセンは、目の奥《おく》にやきつけるように、ジェニーをじっと見つめた。デンマークの作家である自分、スウェーデンの歌手ジェニー、ドイツの作曲家メンデルスゾーン。生まれも育ちも全然ちがうわれわれ三人が、たとえ短い間とはいえ深く忘れがたく関わったのは、どういう運命のみちびきなのか。もしかして三人とも、この世に生まれる前は、兄妹ででもあったのか。

なぜとなくアンデルセンの頭に、大空を飛ぶクモの子のイメージがうかんだ。同じ母親から生まれた何百匹《びき》ものクモの子たち。あたたかな小春日和《こはるびより》の朝わらわらと巣を這《は》い出て、小さいなりに可能なかぎりの長い糸を吹《ふ》き出し、ためいきのようにやさしいそよ風に乗って、新しい人生へと旅だってゆく、そんなイメージが。

遠くへ遠くへ、できるかぎり遠くへと、どのクモの子も希望にみちて飛んでゆく。やがて上空へのぼるにつれて風は強まり、うまく風の奔流《ほんりゅう》に乗ったものは海をこえ、でき

ストックホルム
コペンハーゲン
オーデンセ
ハンブルク
ベルリン
ロンドン
ライプツィヒ
パリ
ウィーン
ローマ

なかったものは力つきて水の中でおぼれ死ぬ。たとえ渡《わた》りおえても、落ちたところが敵のただなかなら喰《く》われるだろうし、ふみつぶされるものもいるだろう。飢《う》え死《じ》にするものも。

こうしてあれほどたくさんいたクモの子が、気まぐれな風のいたずらで、ひとり減りふたり減りして、生きのこるのはわずかだ。生きのこったとしても、着地した場所の状態で運命は大きく変わる。さしずめメンデルスゾーンは、えさの多い、ゆたかな緑の森に着いたクモの子で、自分やジェニーは干上《ひあ》がった荒地《あれち》に着いたクモの子だろう。なにもかも持っていたメンデルスゾーン、ゼロからの出発だった自分たち。

「でもどのクモの子が幸せかは、最後になるまでわからない……」

アンデルセンのひとりごとに、ジェニーとオットーは顔を見あわせた。

「いやいや、失礼しました。つい、妙《みょう》なことを考えていました。とにかく今日はほんとうにほんとうにありがとう。この日のことは生涯《しょうがい》けっして忘れません」

そう言ってアンデルセンは、もう一度ジェニーをしっかり抱《だ》きしめ、もう一度涙《なみだ》を流すのだった。

第二章　三匹《びき》のクモの子

銀色の糸を吹《ふ》き流しにして三匹のクモの子は、ぬけるような青空をふうわり飛んでいた。野をこえ川をまたぎ、やわらかな陽《ひ》の光をあびながらしばらくいっしょの旅をしていたが、やがて風の命じるままにそれぞれスウェーデン、デンマーク、ドイツへとはなればなれに散ってゆく。

ドイツへたどりついたクモの子は、商業都市ハンブルクにおり立った。

一八〇九年二月三日、ユダヤ一族メンデルスゾーン家の長男、フェリックスが誕生した瞬間《しゅんかん》だ。フェリックスという名前は〈成功と幸運〉を意味し、まったくそれにふさわしい環境《かんきょう》が用意されていた。母方《ははかた》の曽祖父《そうそふ》はプロイセン王フリードリヒ二世の経済顧問《こもん》だったし、父方《ちちかた》の祖父モーゼスは、レッシングの戯曲《ぎきょく》『賢者《けんじゃ》ナータン』のモデルにまでなった著名な哲学者《てつがくしゃ》、父親は富裕《ふゆう》な銀行家。そのうえ両親ともにたいへんな子ぼんのうで、教育熱心。愛と富と名誉《めいよ》が、フェリックスの乳母車《うばぐるま》だった。

当時の音楽家たちの多く――シューマン、シューベルト、ショパン、ブラームス、ヴァーグナーなど――が、経済的苦労を味わいつづけたのにくらべ、フェリックスは生涯《しょうがい》、貧困《ひんこん》とは無縁《むえん》にすごすことになる。なによりこの時代、職業音楽家の社会的地位はまだかなり低かったのに、フェリックスはどこでも教養ある紳士《しんし》として遇《ぐう》された。〈幸福な音楽家〉と呼ばれるゆえんである。

彼には姉、妹、弟がひとりずついたが、とりわけ四歳《さい》上の姉ファニーとのきずなが強く、ふしぎなことに、死をもわかちあったかのようである。またふたりとも幼いころから並はずれた音楽的才能をしめし、その点でよくモーツァルト姉弟と比較《ひかく》される。姉たちが大人になると家庭へ引っこんでしまったのも似ているし、弟たちが早世《そうせい》（モーツァルトは三十五歳、メンデルスゾーンは三十八歳）したのも同じだ。

ただしモーツァルトの父親が息子の天才を金もうけに利用しようとしたのに対し、メンデルスゾーンの父親が息子に音楽をならわせたのは、単に古典的教養をつけさせるためだった。だからはじめは音楽の道へ進ませることに、乗り気ではなかった。銀行を継《つ》がせたかったのだ。とはいってもフェリックスが自慢《じまん》の息子であったのはまちがいなく、父はよく「自分は有名な父（モーゼス）と有名な息子（フェリックス）をつなぐ、ただのダッシュ記号にすぎない」と、謙遜《けんそん》しつつ喜びをあらわしていた。

一家はフェリックスが三歳《さい》のとき、大都市ベルリンへ移住する。ナポレオンが侵攻《しんこう》してきてハンブルクを貿易封鎖《ふうさ》し、事業がやりにくくなったためだ。ベルリンで父はメンデルスゾーン銀行をますます拡大し、市の参議員《さんぎいん》にもなり、郊外《こうがい》にツタのからまる豪壮《ごうそう》な邸宅《ていたく》をかまえた。公園ほどの広さの庭には、樹齢《じゅれい》数百年という大きなイチイの木がしげり、数百人もの客を収容できる大広間では、本格的なオーケストラをやとっての〈日曜音楽会〉――やがてフェリックスやファニーの作品もここで発表されるようになる――がひらかれ、メンデルスゾーン家はベルリンの知的エリートがあつまる芸術サロンとなってゆく。哲学者《てつがくしゃ》ヘーゲル、政治家で言語学者のフンボルト、童話集で知られるグリム兄弟、詩人ハイネ、外交官クリンゲマン、ベルリン大学神学教授シュライアーマッヒャーなど、そうそうたる顔ぶれが常連だった。当時の著名な演奏家、歌手たちはもちろんのことである。

フェリックスはこうした選《え》りぬきの人々と日常的に接し、子どもながら洗練された礼儀《れいぎ》正しい態度が賞讃《しょうさん》の的になった。女性客のひとりが十歳《さい》ころのフェリックスを見て、「後期ゴシック絵画の天使のよう」とためいきをついたと言われているが、実際、このころの肖像画《しょうぞうが》には、ゆたかに波うつ髪《かみ》と秀《ひい》でたひたい、きらめく瞳《ひとみ》を持つ、ロマンティックで美しい少年が描《えが》かれている。

両親、とりわけ母親は教育熱心で、子どもたちがなにもしないでいることを許さなかったので、きょうだいは朝から晩まで勉強に追われた。みな学校へは行かず、各分野で一流の専門家が家庭教師としてついた。朝は五時起き、朝食前にラテン語や古代ギリシャの〈真善美《しんぜんび》〉論の授業、食後十時に数学、十一時にヴァイオリンやチェロの練習、昼食後も歴史や神学《しんがく》、製図法、古典文学、フランス語、イタリア語、英語の勉強、ピアノの練習、ダンスや水泳や乗馬まで、すきまなくスケジュールがつめこまれた。

優等生のフェリックスは難《なん》なくこれらをこなし、当時の上流市民の理想ともいうべき

オールラウンドの教養を身につけた。数か国語をあやつり、名文家で、バイロンの詩をドイツ語に訳し、セミプロ級の風景画を描《か》いたばかりでなく、チェスの名手で、水泳はコーチより早く泳いだ。また、きちんと日付や場所を記した自作ノートを四十四冊も残しているが、これは系統だった教育のたまものであると同時に、彼自身のきちょうめんな性格のあらわれといえよう。

だがなんといっても音楽だ。音楽に関してフェリックスは、だれからも神童《しんどう》とみとめられた。おおぜいの客を前に、すでに七歳《さい》ころから自分で作曲した小品《しょうひん》を演奏していた。フェリックスとファニーが自作をピアノ連弾《れんだん》し、妹がうたい、弟がチェロを弾《ひ》くのを見たチェコのピアニスト、モシェレスが、「こんな家族は見たことがない。」とくにフェリックスはまだ十五歳なのに、もう円熟した一人前の芸術家だ」とおどろいている。このころまでに少年は四つのオペラ、交響曲《こうきょうきょく》、協奏曲、ピアノ曲などを書いていた。

はじめピアノの手ほどきをしたのは母親だったが、のちにベルリン・ジングアカデミー（合唱協会）の長であり作曲家のツェルターが個人レッスンを担当するようになる。彼はフェリックスの目もくらむ才能を父親にうけあったが、銀行を継《つ》がせたかった父は、わざわざ息子をパリまでつれてゆき、パリ音楽院の創設者《そうせつしゃ》ケルビーニのお墨付《すみつ》きをもらってやっと、息子が音楽をえらぶことを許し、全面的にバックアップすることに決めた。フェリックスはなにひとつ主張していない。はたからは、父親が敷《し》いたレールにただ乗ったようにも見える。もし銀行家になるよう命じられれば、したがったかもしれない。それほどまでに本人は受け身だった。信頼《しんらい》する父に自分の人生をまかせきっていたのだろうか。それとも自分の幸運を確信し、だまっていても行きたいところへ行けると安心しきっていたのだろうか。

いずれにしてもフェリックス・メンデルスゾーンの音楽家人生は、真《ま》新しい豪華《ごうか》客船が晴れがましく港を出航するように、順風満帆《じゅんぷうまんぱん》ではじまったのだった。

さて、もう一匹《ぴき》のクモの子、ドイツよりさらに北へ流されていったクモの子は、どうなっていたか。

五百もの島を持つデンマーク。そのひとつフュン島に、オーデンセという町がある。北欧《ほくおう》神話の主神オーデンにちなむ由緒《ゆいしょ》あるこの町は、国で第二の大きさというものの、人口はわずか六千たらずにすぎなかった。一八〇五年四月二日、ここでハンス・クリスチャン・アンデルセンは産声《うぶごえ》をあげる。

若い父親は腕《うで》のよくない靴《くつ》職人で、あまり仕事に身がはいらず、母親が近くの川で洗《せん》濯《たく》女として働いて家計をたすけていた。住まいは貧しい人々がひしめく町はずれの、うす暗い小路《こうじ》に建つひしゃげたような平屋で、そこに六家族がかたまって暮らした。アンデルセン宅は、玄関《げんかん》ドアをあければすぐ裏庭に出られるほど狭《せま》い一間《ひとま》きり。靴《くつ》の修繕台《しゅうぜんだい》とベッドを置けば、もういっぱいというありさま。メンデルスゾーンの豪邸《ごうてい》とは、くらべるべくもないのはもちろんのこと、身内《みうち》にも先祖にも自慢《じまん》できるような者はひとりとしていなかった。

ヨーロッパは長く階級社会がつづいていたため、現代のわれわれには想像もできないほど貧富《ひんぷ》の差や教育の差が大きく、いったん最底辺《さいていへん》の労働者階級に生まれれば、まず脱《だっ》出不能《しゅつふのう》といってよかった。ハンスの母親がよい例で、彼女の幼いころの境遇《きょうぐう》はきびしく、食べるものにもことかいて物乞《ものご》いに出されたこともあった。もちろん学校へは行かせてもらえなかったので、ようやく字が読めるていどで、書くことはほとんどできなかった。

『マッチ売りの少女』のモデルは、この母だといわれている。

父方も、貧しさではひけをとらない。父の父、つまりハンスの祖父も靴《くつ》職人だったが、晩年は精神を病《や》んでおかしな言動をくりかえし、ハンスをこわがらせた。父親もまた、亡くなる少し前に異常をきたしたため、ハンスは自分もいつか同じようになるのではないかと、晩年までずっとおびえることになる（幸い、無用《むよう》の心配だった）。

そうはいっても両親はひとりっ子のハンスに、おしみない愛情をそそいでくれた。なにはなくとも彼は、愛情だけはあびるほどうけて育った。父はよく『アラビアンナイト』やラ・フォンテーヌの『寓話集《ぐうわ》』などを読み聞かせてくれたし、紙の切りぬきで人形をつくったり影絵《かげえ》を見せて遊んでくれた。こうした経験が、のちのアンデルセンをかたちづくったのだろう。

十一歳《さい》のとき、思わぬかたちでナポレオンが――メンデルスゾーン家の場合と同じく――アンデルセン一家のうえにも変化をもたらした。靴職人の仕事にいやけがさしていた夢想家《むそうか》の父が、ナポレオンに熱狂《ねっきょう》して軍に志願し、兵士になったのだ。彼の思惑《おもわく》では、すぐにも手柄《てがら》をたてて昇進《しょうしん》するはずだったが、まだ行軍《こうぐん》の途中《とちゅう》というところで、戦場そのものがなくなってしまう。休戦になったのだ。けっきょく給金ももらえないどころか、心身《しんしん》の健康をそこねただけで家へ帰らなければならなかった。まもなく失意から重病におちいり、うわごとでナポレオンの名前をさけびながら亡くなった。

このときまでハンスはいちおう塾《じゆく》のようなところへかよっていたが、こんどは慈善《じぜん》学校へ入り、それもいつか勝手にやめてしまう（彼がまちがいだらけのつづり字を書いていたのは、基礎《きそ》をきちんと身につけなかったことにもある）。そのうちタバコ工場で働きはじめたものの、身体に悪いと数日でやめ、あとは近所の人たちの前で歌をうたったり朗読したり、あるいは家で女の子のように人形遊びをしたりと、気ままにすごした。母親をたすけ、父代わりになって働こう、などとはまるで考えなかったらしい。

十四歳《さい》になるころ、すばらしく良い声をしていると人にほめられ、歌手か役者になる夢をいだく。そして首都コペンハーゲンへ行きさえすれば、すぐにもそうなれると信じこむ。だが母親はそんな息子のゆくすえを案じた。背ばかりひょろひょろ高くて、顔立ちは人より劣《おと》り、わが子ながらこれで舞台《ぶたい》にあがるのは無理だと思った。父親と同じように、かなわぬ夢を見て破滅《はめつ》するのがおちではないか、と。

「人形の服を器用につくれるのだから、仕立て屋になったらどう?」

彼女はそうすすめたが、ハンスは「いやだ、ぼくは有名になりたいんだ」と言いはった。貧しい主人公が苦労して成功する物語をたくさん読んでいたため、いっとき我慢《がまん》すればかならずむくわれるのだと、子どもっぽい楽観をいだいていた。

実際アンデルセンは、生涯《しょうがい》、底ぬけの楽観主義を持ちつづけた。自分の運命に対する楽観、他人の善意に対する楽観、この世は美しいとの楽観は、自伝にも日記にも見られるいちじるしい特徴《とくちょう》である。ところがこの楽観主義は、かならずしも単純でも透明《とうめい》でもなく、裏に異常なまでの不安をかくしていた。彼は祖父や父のように頭がおかしくなるのではないかと、胸をしめつけられるほどの不安を死ぬまでいだきつづけたし、旅行のときにはかならず縄《なわ》を持参《じさん》したが、これは宿が火事になったりどろぼうが入ったときに、窓から逃《に》げだせるようにとの用心からだった。生き埋《う》めになることもおそれており、ぐあいが悪くて寝《ね》るときには枕《まくら》もとに「死んだように見えるかもしれませんが、生きています」とのメモを置いていたほどだ。

それはともあれ少年アンデルセンが、このままオーデンセにいてはけっして目が出ないと見さだめたのは正解だったろう。彼は母親に、なんとしても家を出て、運をためしたいと泣いてたのんだ。ついに困りはてた彼女は、占《うらな》い師《し》のもとへつれてゆく。コーヒーかすによる占いの答えは、おどろくべきものだった。

「この子はえらい人になる。いつかオーデンセの町全体が、この子のためにイルミネーションでかざられる」

占い師はただ、客を喜ばせようとして言っただけなのかもしれない。けれどこの予言は的中し、数十年後、オーデンセの町はアンデルセンを名誉《めいよ》市民に認定し、その業績をたたえてイルミネーションを輝《かがや》かせることになる。

迷信ぶかい母親は、占いの結果を信じて涙《なみだ》を流した。ハンスも大いに力づけられた。こうして彼は、童話の主人公よろしく、希望以外はなにももたず、たったひとりで元気いっぱい新しい世界へとびだすことになった。

後年、彼は自伝を三回も書くのだが、このスタート地点のおぼつかなさを考えれば、自分の人生の奇跡《きせき》をくりかえし書かずにいられない気持ちもわかる気がする。メンデルスゾーンが豪華《ごうか》客船の特等客だとしたら、アンデルセンは舟《ふね》どころか、ただの板切れにつかまって大海へこぎだしたようなもの。いつ波にのみこまれてもふしぎはなかったのだから、大逆転のなりゆきにだれよりも本人がいちばんびっくりしていたのも当然だし、不安定な自己のアイデンティティを常になだめる必要があったのであろう。

自伝によれば、アンデルセンがはじめて見たコペンハーゲンの光景は、メンデルスゾーンと関係なくもなかった。もちろん当時のアンデルセンはそんなことなどまったく知りもしないし、そもそも自分のことで常に頭がいっぱいという人間なので、政治や社会の動きにはさほど関心をはらわない。それでもこのときの彼は、ユダヤ人に対する不穏《ふおん》な状況《じようきよう》をこう記している。

「わたしが着いた前の晩に、ちょうどこのころヨーロッパ中にひろがっていた、いわゆる〈ユダヤ人狩《が》り〉が勃発《ぼつぱつ》したという。そのため町は騒然《そうぜん》として、通りは人々でごったがえしていた。でもわたしは驚《おどろ》きはしなかった。世界都市コペンハーゲンでは、こういうさわぎはいつものことにちがいないと思ったからだ」――。

最後のクモの子は、スウェーデンのストックホルムまで飛んだ。

一八二〇年十月六日、ジェニー・リンドは誕生したが、望まれて生まれてきた子ではなかった。それは名前にもあらわれており、彼女の本名はジェニーではなくヨハンナ・マリー。未婚《みこん》のまま彼女を産んだ母マリーが、最初の夫ヨハンと自分の名前をてきとうにくっつけたにすぎない。もちろんヨハンはジェニーのほんとうの父ではなく、かわいそうに思った祖母が、この孫を勝手にジェニーと呼び、本人もそれが気に入って使うようになったのである。

母マリーは中流階級の生まれで、わずかだがフランス語や音楽の教育をうけて育った。しかし十八歳《さい》で親の反対をおしきって軍人と結婚し、一年後に長女（ジェニーの父ちがいの姉）を出産してまもなく離婚《りこん》。いっきょに生活は苦しくなる。小さなアパートで私設《しせつ》の託児所《たくじじょ》をひらきながら娘《むすめ》を育てているうち、こんどは近所のニクラス・リンドという年下の青年と親しくなり、ジェニーを産んだのだった。ニクラスは出版社につとめてはいたものの、まだ親がかりで、その親は当然のことに、年上で離婚歴《りこんれき》があって子どももいるマリーとの結婚に反対した。

マリーは子どもがふえていよいよ困りはて、一歳にもならないジェニーを、田舎《いなか》で教会オルガン奏者をしている自分のいとこにあずけた。これはジェニーにとって不幸中の幸いともいえる展開で、親切ないとこ夫婦は実の娘《むすめ》のようにかわいがって育ててくれた。ここでの数年間で、ジェニーの信仰心《しんこうしん》の篤《あつ》さと人生に対するきまじめさがつちかわれた。

だがまもなく少女は、またストックホルムの貧しい生活へひきもどされる。父ちがいの姉はやさしくしてくれたけれど、実母マリーはジェニーに愛情が持てないようだった。ジェニーは笑顔を忘れ、心をとざして暮らした。母親を「おばさん」と呼んでいたが、たまに遊びにくるニクラスのことは、「お父さん」と呼ばせられた。自分がどんな立場にいるのか、幼くてまだよくわかっていなかった。

八歳《さい》になると、なんとまたもや母親から見すてられてしまう。転職したマリーが別の町へ引っこす際、上の娘はつれてゆくのに下のジェニーはじゃまだからと、老人ホームの管理人夫婦へ養子にやったのだ。メンデルスゾーンもアンデルセンも親の愛には不自由しなかったことを思えば、彼女の幼年時代の過酷《かこく》さはひとしおである。

ジェニーは世界中でたったひとりぼっちという孤独《こどく》を、歌にまぎらせた。よく森へ散歩に行き、小鳥たちのさえずりをまねて遊んだ。天性《てんせい》の才能にくわえて自然の中でのその歌唱練習が、彼女の声にさらなる磨《みが》きをかけることになった。ホームの住人たちからうたってほしいとたのまれるようになり、歌で人をなぐさめる喜びを知った。それはだれかに必要とされる喜びでもあり、ジェニーの生きる支えともなった。

運命が大きくうごきだすのは、九歳《さい》のとき。彼女が窓べで猫《ねこ》を抱《だ》きながらうたっていると、たまたま通りかかった王立劇場の関係者がその美声におどろいて、すぐ劇場付属音楽校の教授に伝え、学校から呼びだしがあった。ジェニーが教授たちの前でうたった瞬間《しゅんかん》、ひびわれた地面にはさまれてもがいていた哀《あわ》れなクモの子は、ようやく救いだされたのだった。

王立劇場付属音楽校の入学資格は十四歳。ジェニーはまだ九歳。にもかかわらず彼女の潜在的《せんざいてき》能力への期待が、そんな壁《かべ》などやすやすたたきこわしてしまう。特待生《とくたいせい》として入学し、王立劇場の〈うたえる女優〉となるための特訓――発声法、演技、語学、ピアノ、バレエ、文学や演劇――をうけはじめる。ほかの生徒は当然みんな年長だったが、ジェニーは不屈《ふくつ》の努力で頭角《とうかく》をあらわしてゆく。ここで挫折《ざせつ》するわけにはゆかない。だれも守ってくれないのだから、自分の才能で自分を守るしかない。

デビューは衝撃的《しょうげきてき》だった。わずか十歳《さい》で、子役として王立劇場の舞台《ぶたい》をふみ、将来の大スターまちがいなしと、おおぜいの観客に納得させた。特別かわいいというわけでも愛嬌《あいきょう》があるわけでもないのに、ジェニーのかざらぬ素朴《そぼく》さは、その透《す》きとおるような声とぴったり合い、人の心をやさしく癒《いや》すのだった。新聞は〈天才少女歌手出現〉と書きたて、まもなく高額の出演料をもらうようになる。

こうして順調に前進していたジェニーのもとへ、いきなりマリーがあらわれた。娘《むすめ》が有名になったと知るや実母の名のりをあげ、ジェニーをひきとりにきたのだ。もちろんお金目当てなので、ジェニーはいやがった。しかもそれまで彼女のことを叔母《おば》だとばかり思っていたから、ショックも大きい。マリーは裁判をおこす。出生《しゅっせい》証明書まで持ちだして自分の〈権利〉を主張したものの、二度もジェニーを養子に出した事実や未婚《みこん》であるのを理由に、訴《うった》えは却下《きゃっか》された。

すると、こんどは父親まで出てくる。子どもが生まれても結婚する気がないどころか、養育費もろくに出さなかったニコラス・リンドが、ジェニーが金《かね》づるとわかると急いでマリーを籍《せき》に入れ、正式の夫婦になったのだ。ふたりはもう一度裁判をおこし、こんどは裁判所もみとめざるをえなかった。十三歳《さい》になっていたジェニーは、名ばかりの両親のもとへやられ、彼女がうたって得たお金はすべて養育費の名目《めいもく》で彼らのものになった。親に愛されるのではなく、食いものにされる悲哀《ひあい》。ジェニーはそれを味わわねばならなかった。

この憂《ゆう》うつな暮らしに、ジェニーは四年以上も耐《た》えた。だが十七歳のとき、ヴェーバー『魔弾《まだん》の射手《しゃしゅ》』での副主人公アガーテ役で本格的オペラ・デビューをはたし、観客を熱狂《ねっきょう》させたジェニーは、いよいよ自立のときがきたのを知る。これまでも親などいないも同然だったし、ひとりで生きていくのをおそれはしない。ただそうは言っても、自分を産んでくれた親と決別するのに、悩《なや》まなかったわけではない。働きもせず酒びたりの両親に大きな家を贈《おく》ったのは、いわば彼女の最後の感謝のしるしであった。

ジェニーには、ホームに養子に出されたとき以来の年上の親友、ルイーズがいた。このルイーズに付き人兼《けん》秘書となってもらい、ふたりは姉妹のように同居をはじめる。まもなくジェニーは〈ナイチンゲール〉の愛称《あいしょう》をつけられ、十九歳の若さで宮廷《きゅうてい》歌手の称号《しょうごう》まで手に入れた。これまでだれひとりなしえなかった、めざましい出世ぶりだった。

第三章　優等生の良い子

「フェリックス、これを弾《ひ》いてはもらえまいか」

自己紹介《しょうかい》を終え、居間でしばらく雑談したあと、ゲーテがさりげなく楽譜《がくふ》をさしだした。かなり黄《き》ばんだ、年代《ねんだい》ものの手書きの譜面《ふめん》だ。いかにも今思いついたばかりというう態度だが、フェリックスにはこの老獪《ろうかい》な七十二歳《さい》の作家が、自分をためすためあらかじめ用意していたのがわかった。

だからといって、別にいやな気持ちにはならない。これまでもずいぶんいろんな人たちからためされてきた。「この子の才能がほんものかどうか、ひとつ見きわめてやろう」という顔つきは見なれているし、だれのことも失望させなかったとの自負《じふ》もある。

フェリックスは両手でうやうやしく楽譜《がくふ》をうけとり、部屋の中央に置かれたピアノの前に、背すじをぴんと伸《の》ばしてすわった。足は床《ゆか》にとどかない。まだ十二歳《さい》なのだ。

ここはベルリンから四五〇キロほどはなれた町ヴァイマルの、イルム河畔《かはん》ゲーテ邸《てい》。宮廷《きゅうてい》の枢密顧問官《すうみつこもんかん》にして、世に名高いドイツ文学界の巨星《きょせい》、ヨーハン・ヴォルフガング・フォン・ゲーテが、たまたまフェリックスの音楽教師カール・フリードリヒ・ツェルターと親しかったため、今回の訪問が実現した。いわばツェルターが友人ゲーテに、愛弟子《まなでし》を披露《ひろう》するというかたちである。そういうわけで、フェリックスにとっては生まれて初めて親きょうだいからはなれての二週間の旅だったが、解放感にはほど遠く、むしろ義務をこなすためというのに近かった。

譜面台《ふめんだい》に置いた楽譜へさっと目を走らせ、フェリックスは弾《ひ》きはじめる。

――モーツァルトのピアノソナタだな。

すぐ気づく。流麗《りゅうれい》なメロディ、心にしみる哀愁《あいしゅう》と突然《とつぜん》の思いがけない転調《てんちょう》は、モーツァルト独特の強烈《きょうれつ》な魅力《みりょく》だ。

フェリックスは若死《わかじ》にしたこの天才に対し、なんとも言いようのない複雑な気持ちをいだいていた。彼が姉ファニーと連弾《れんだん》すると、かならずだれかが「モーツァルト姉弟の再来《さいらい》ですね」と口にするからだ。たいへんなほめ言葉なのに、すなおに喜べない。

およそ半世紀前、小さなモーツァルト姉弟が父親につれられてヨーロッパ中の宮廷《きゅうてい》をまわり、目かくしさせられたり、鍵盤《けんばん》に布をかけられたりの状態でピアノを弾《ひ》き、猿《さる》まわしの猿よろしく、パフォーマンスによって礼金をもらっていたのは周知《しゅうち》の事実である。オーストリアの女帝《じょてい》マリア・テレジアからもたいへんかわいがられたということになっているが、後年、彼女が息子フェルディナンド大公にこんな手紙を書いていたことが明らかになる。「モーツァルトのような人間はやとわないように。けっしてこういう人間たちに肩書《かたが》きをあたえないように。乞食《こじき》のごとく世界を歩きまわっている人間たちは、臣下《しんか》に悪影響《あくえいきょう》をおよぼすでしょうから」

神童《しんどう》とほめちぎり、数々の贈《おく》りものをつかわし、ひざにのせてキスのあいさつを許しながら、かげではこんなふうに軽蔑《けいべつ》しきっていた。だからフェリックスは人前で演奏することをモーツァルトにたとえられると、芸術を曲芸と同一視《どういつし》させられたようで、名誉《めいよ》とは思えなかった。しかも時代はずいぶん変わったのに、いまだ音楽家の地位は高いといえず、貴族の邸《やしき》にまねかれて演奏しても、招待客といっしょに食事を供《きょう》される例はほとんどない。幼いながらフェリックスの自負心《じふしん》は、そんな立場に自分を置くようなまねを許す気はなかった。

それはそれとして、モーツァルトの音楽自体はすばらしい。フェリックスはうっとりしながらも正確無比《せいかくむひ》に鍵盤《けんばん》をたたき、余韻《よいん》をのこして弾《ひ》きおえた。

ピアノをかこんですわっていたゲーテや息子夫妻（アウグストとオティーリエ）、親しい友人たちが、いっせいに拍手《はくしゅ》する。どの顔もおどろきと満足に輝《かがや》いている。フェリックスは椅子《いす》から立ちあがり、洗練された動作で一礼《いちれい》した。ツェルターが満足げにうなずいているのが、合格点の証拠《しょうこ》である。

ゲーテがわざわざ近づいてきて、

「すばらしい！　初見《しょけん》で、これほどみごとに弾きこなせるとは」

と、肩《かた》をたたいてくれたばかりか、

「わが家にはこれまでにもう何人、神童《しんどう》と称《しょう》する子どもたちがおとずれてきたことか。しかしフェリックス、君はまったく別格だ。みんなの言うとおり、まぎれもなく、天与《てんよ》の才《さい》をもっている」

「ありがとうございます」

「ところで、これがだれの楽譜《がくふ》か、わかったかね」

「はい。モーツァルトだと思います」

「ほう。どこでそれが？」

「弾《ひ》けばすぐわかりますが、その前に楽譜を見て見当がつきました。モーツァルトは書く前に頭の中で曲をぜんぶ完成していたので、楽譜には直しが全然なくて、きれいです。ベートーヴェンとは反対です」

「ベートーヴェンの自筆《じひつ》楽譜も見たことがあるんだね」

「はい。ぐしゃぐしゃに直しています。交響曲《こうきょうきょく》第五番には、十三枚も直しの紙がはってありました。ためしにぼくは一枚ずつはがしてみたんです。そうすると、最初に書いてあった音符《おんぷ》と完成した音符がまったく同じなのを見つけて、とてもびっくりしました」

　これにはゲーテも言葉を失った。ほかの客たちも、「なんてかしこい子でしょう。学者になる素質《そしつ》もある」「天使みたいにかわいらしいが、それだけじゃない。あの受け答えのりっぱなこと」などとささやきかわしている。フェリックスは聞こえないふりをしていたが、頬《ほお》が少し上気《じょうき》して熱い。

「カール、あなたが自慢《じまん》するお弟子さんだけありますね」

ゲーテがツェルターをふりかえって言うと、フェリックスの師はいかにもうれしそうな笑《え》みをうかべ、

「おほめにあずかり光栄です。砂が水を吸うように、との言葉がありますが、まさしくフェリックスは、わたしが教えたことをなにからなにまでたちまち自分のものにしてしまい、今やもう教えることがのこっていないほどなのです」

「ではどうぞフェリックス、君の演奏で、しばしこの世の憂《うれ》いを忘れさせてくれたまえ」

ゲーテの言葉とみんなの拍手《はくしゅ》にうながされ、フェリックスはふたたび椅子《いす》にもどり、バッハ、ヘンデル、ハイドン、モーツァルト、ヴェーバーと、つぎつぎに弾《ひ》いていった。

一曲ごとに感嘆《かんたん》の声や感動のためいきがもれる。

ヴァイマルは文化の町とはいうものの、ベルリンやミュンヘンにくらべればはるかに田舎《いなか》なので、宮廷《きゅうてい》楽団も小規模《きぼ》だしプロの音楽家も少ない。だれもが良き音楽に飢《う》えて

いた。新しい作品やみごとな演奏を聴《き》くには、高額で都会からオーケストラをやとうか、遠くの演奏会へ直接出向くしか方法がなく、ふだんは楽譜《がくふ》の貸し借りをして、家族や友人のしろうと演奏で我慢《がまん》しなければならない。子どもといってもフェリックスほどの腕《うで》前《まえ》のピアニストを、少人数で独占《どくせん》できる貴重な機会など、めったにないのだった。

二時間近く演奏し、お茶やケーキでひと休みしたあと、さらにまたしばらくつづけた。こんどは自作のソナタも披露《ひろう》して、絶讃《ぜっさん》をあびる。いつしか室内がほの暗くなり、召《め》し使いがシャンデリアのろうそくに火をともしてまわりはじめた。ピアノの上の燭台《しょくだい》にもあかあかと火がついて、そこで初めてみんなは、フェリックスの白いひたいが汗《あせ》ばみ、美しい柔《やわ》らかな巻き毛がぬれてまとわりついているのに気づいた。そして胸をうたれた。

この少年は、知らない大人ばかりにかこまれ気も張っているだろうし、疲《つか》れてもいるだろう。リクエストにこたえて弾《ひ》きつづけることに、子どもの忍耐力《にんたいりょく》ではとっくにあきていてふしぎはない。なのにいやな顔ひとつせず、演奏もみだれず、きまじめで真剣《しんけん》な態度のまま、すわったときの正しい姿勢をくずすこともなく、聴き手を喜ばせようと一生けんめいになっている。なんといういじらしさ。

「ごめんなさいね、フェリックス、あまりにあなたの演奏がすばらしいものだから、時間のたつのを忘れてしまったわ。ほんとうに今日はどうもありがとう」

オティーリエがこういたわってくれたが、ゲーテはなおもう一曲を望んだ。

「じゃあ最後に、姉のファニーがゲーテ先生の詩に音楽をつけた、短い歌曲をお聴《き》きください」

盛大《せいだい》な拍手《はくしゅ》とともに、やっとフェリックスはピアノから解放された。

ファニーの愛らしい曲もみんなにたいそう気に入られ、オティーリエは「練習してうたえるようにしておきますから、あしたは伴奏《ばんそう》してくださいね」とたのむし、ゲーテはといえば、「またファニーに作曲してもらえるよう、新しい詩をプレゼントしよう」と約束し、「だがこんどはもっと君の作品を聴《き》きたいな。それとぜひ、ヴァイマル宮廷《きゅうてい》楽団と合奏してほしい」と言う。だれもかれも、もう明日の演奏を楽しみにしている。ヴァイマルに滞在《たいざい》中（けっきょく十六日間の長きにわたる）、フェリックスは毎日ここで個人コンサートをしなければならないようだ。

甘《あま》いホットチョコレートがフェリックスにふるまわれ、彼がそれで喉《のど》をうるおしている間、おとなたちはワインを飲みながら雑談にはいった。

「どうです？　ご自分の少年時代の、まさに再現と感じていらっしゃるのではありませんか？」

ツェルターがゲーテに話しかけている。答えを聞くよりさきに、わきから別の老人も、

「いやまったく、あなたのお若いころそっくりだ。すがたはきれいだし、親は教育熱心。上流階級のしつけを受け、あらゆる古典教養を学んでいるときては、いずれあなたのような文学者にして自然科学者、しかも政治家という万能《ばんのう》の天才に近づくのはまちがいないでしょう」

ゲーテはいっさい謙遜《けんそん》することなく、重々しくうなずき、

「たしかにこの子を見ていると、遠い昔を思いおこさせられる。だがわれわれの間にはちょうど六十年のひらきがあり、なんといっても今はロマン主義というひ弱《よわ》で病的な時代だ。ひとりよがりの独創性《どくそうせい》をさもごりっぱなことのように言いつのる、自称《じしょう》天才ばかりがあふれている。フェリックスがこんな風潮《ふうちょう》に毒されることなく、めぐまれた才能をこのままどこまでも伸《の》ばしていけることを願わずにおれない」

「あいかわらずの、ロマン主義嫌《ぎら》いですね。とはいえ若者たちが現実を改革するのではなく、みずからのとぼしい内面ばかりに目を向けているのは、たしかに由々《ゆゆ》しき事態といえますな」

「フェリックス、君は先人に学ぶことを忘れないようにね」

ゲーテがふいに言葉をかけたので、フェリックスはどぎまぎしながら「はい」と返事をした。彼らの話す内容を、ぜんぶ理解できたわけではなかったが。

やがてチョコレートのカップがからになりかけたのを見たほかの客たちが、スターをとりかこむようにフェリックスのまわりにあつまり、質問攻《ぜ》めにしはじめた。

「ご長男だし、もちろん父上の銀行を継《つ》がれるのでしょうな?」とか「作曲家ではだれがいちばんお好き?」というのから、「きれいな巻き毛だこと。シャンプー剤《ざい》はなにを使っているの?」「そのブルーの上着は、ベルリンで流行中かしら?」というのまで、ていねいに答えてゆく。

その合い間にもフェリックスは、少しはなれた窓ぎわで語らうゲーテとツェルターを気にしていた。ふたりとも年をとって耳が遠いせいか声が大きく、きれぎれに言葉の断《だん》片《ぺん》が入ってくる。

「メンデルスゾーン銀行」「モーゼス」「割礼《かつれい》」「キリスト教に改宗《かいしゅう》」「バルトルディ」

……そういった言葉。

――ユダヤ人というのを話題にしているんだ。

フェリックスは、訪問前にツェルターがゲーテに手紙で、「ユダヤ人の息子ですが、ユダヤ教徒ではありません」と彼を紹介《しょうかい》したのを知っていた。そしてふいに一昨年の、不愉快《ふゆかい》なできごとを思いだした。

家族で休暇《きゅうか》を温泉地ですごしていたときのこと。あたたかな陽《ひ》ざしにさそわれて、ファニーとふたり遊歩道を歩いているうち、なんとなくホテルの敷地《しきち》の外へ出ていた。遠くへ行ってはいけない、と命じられてはいたけれど、まるでホッベマの絵のような、のどかで平和な田園風景にひかれて、姉弟は並木道をかけっこした。旅行中は、勉強時間が少ないのもうれしい。

そのうちファニーが道ばたに野バラの茂《しげ》みを見つけ、ゲーテの詩をうたうように口《くち》ずさみはじめる。

「少年は見た、ちいさなバラ。

荒《あ》れ野のバラ。

初々《ういうい》しく、夢のように美しい。

急いでかけより、
心はずませ、近づいて見た、
バラ、バラ、赤いバラ。

荒《あ》れ野のバラ」

フェリックスはさえぎり、

「ちがうよ、ファニー。『夢のように』じゃなくて、『朝のように美しい』だよ」

「あら、そうかしら」

ファニーはつんとした表情で弟を見おろし、

「あなたの記憶力《きおくりょく》のすごさはみとめるけど、今回はわたしの方が正しいわよ。おぼえたてですもの」

「まちがっておぼえたんだよ。だってバラの若さを強調するための形容詞《けいようし》なんだから、

『夢』より『朝』の方がぴったりじゃないか」

「まるで大詩人みたいな口ぶりね、おえらいフェリックス博士《はかせ》さん」

「じゃあ、どっちが正しいか、賭《か》けようか。もしぼくが勝ったら、あのレターナイフをくれる？」

ファニーが持っている、馬をかたどった細身《ほそみ》の銅製レターナイフを、前からフェリックスはうらやましくて、自分もほしかったのだ。

「いいわよ。でもそのかわり……あっ!!」

足もとで石がはじけた。

ふりかえると太い樫《かし》の木のうしろから、五、六人の男の子たちがすがたをあらわし、

「やあい、やあい、ユダヤっ子」

「ユダヤ人、出ていけー！」

わめきながらつぎつぎに、石ころをなげつけてくる。その中には、同じホテルに泊《と》まって、家族同士親しくあいさつもかわしあったドイツ人一家の子どもまでいた。

フェリックスはとっさにファニーをかばって矢面《やおもて》に立ったので、腕《うで》や背にしたたか石

をうけた。だが身体の痛みより、心の痛みとショックの方がはるかに大きい。ふたりがうずくまると少年たちは、わあわあ歓声をあげながら逃《に》げていった。姉弟はだまって立ちあがり、服についた泥《どろ》をおとした。空があいかわらず青く、木のこずえがさっきと変わらずやさしく揺《ゆ》れているのがふしぎだった。

フェリックスは部屋へもどると、生まれて初めて大声あげて泣いた。ファニーがあとで自分の負けをみとめてレターナイフをくれたことも、なんのなぐさめにもならなかった。それどころか逆にそのレターナイフを見るのもいやになり、机の中へしまいっぱなしにしてしまう。

この経験は、フェリックスをひとつ大人にした。それまで絶対視《ぜったいし》していた両親の教えに、かすかな疑いをいだくようになったのだ。両親はこう教えてくれていた――祖父モーゼスはヘブライ文化のすぐれた研究者で、カントと論争したほどりっぱな哲学者《てつがくしゃ》でもあったが、なにより彼が熱心に説《と》いたのは、ユダヤ人がゲットー(中世からユダヤ人が隔《かく》離《り》されて住まわせられた区域)から脱出《だっしゅつ》するにはいつまでもユダヤ律法《りっぽう》にしがみついていてはだめで、ヨーロッパ社会に同化《どうか》することがだいじだということ。その考えをもとに子どもに高等教育をほどこし、おかげで息子たちはドイツ有数の銀行メンデルスゾーン・アンド・カンパニーを設立して、今にいたったのであり、さらなる同化《どうか》を進めるため、孫の代はユダヤ教からキリスト教へ改宗《かいしゅう》するのが、差別をうけないための最良の方法だというのだ。

こうしてフェリックスは、ファニーや弟妹とともに洗礼《せんれい》をうけさせられ、七歳《さい》のときからはクリスチャンになった。同時に叔父《おじ》の姓《せい》（ひとあし先に改宗《かいしゅう》改名していた）をうけつぎ、フェリックス・メンデルスゾーン・バルトルディという名前に変えた。父としては、息子が将来どんな道をえらぶにせよ、ユダヤ教徒であるよりはキリスト教徒である方が社会的に有利だし、メンデルスゾーンというすぐユダヤ人とわかる姓ではなく、バルトルディというクリスチャン風な姓をうしろにつけ、改宗したことを明らかにした方が、あつれきも少ないと考えたのだった（メンデルスゾーンというのは、『知識、知恵《ちえ》』をあらわすメンデルというもともとの姓に、『息子』を意味するドイツ語ゾーンをつけたもの。つまり『メンデルの息子』の意）。

けれど石をぶつけられるという、あからさまな侮辱《ぶじょく》をうけたフェリックスは、クリスチャンになったこともバルトルディの名をもらったことも、人々の差別意識を変える役には全然たたなかったのを知った。そのうえ同じ年、ヨーロッパ全土に吹《ふ》きあれたユダヤ人排斥《はいせき》運動により、ベルリンでは死者まで出るという事件がおこったのに、両親はこれを子どもたちにかくそうとした。このときはじめてフェリックスは、なぜ自分たち姉弟がみんなのように学校へ行かず、家庭教師をつけられているかのほんとうの理由にも気づいた。両親は学校でのいじめや差別から、子どもたちを守ろうとしている。自分が今いる場所は、防塞《ぼうさい》のようなものなのだ。

フェリックス本人は意識していたわけではないが、彼の「天使のような」と形容される、子どもながら一種、超然《ちょうぜん》とした雰囲気《ふんいき》は、こうしたところからもきていたのだろう。自分は人とちがうと感じていたが、それは大金持ちでさらに神童《しんどう》と呼ばれるからだけでなく、個人ではどうすることもできないいわれなき差別をうける側に立っているせいもあったかもしれない。

「さあ、夕食のしたくができたようですわ。みなさん、こちらへどうぞ」

オティーリエの合図に、みんな立ちあがる。

両手を背に軽く組んで、ゆっくり歩くフェリックスをふりむき、ゲーテが声をかけた。

「フェリックス、わたしは仮死《かし》状態で生まれたが、強運な星の配置で、このように長生きと幸せを約束された。見たところ君も、よほどの幸運の星のもとに生まれてきたらしいね」

フェリックスは、ゲーテの老齢《ろうれい》にしては精悍《せいかん》な顔を見あげながら、だまってほほ笑んだ。そしてなぜとは知らず、自分はこんなに年をとるまで生きてはいないだろう、と思った。

第四章　栄光と挫折《ざせつ》

俳優で歌手のエドゥアルト・デフリーントが、今日こそは、という意気ごみでメンデルスゾーン家の庭園の、うっすら雪のつもった小径《こみち》をつっきっていると、少しはなれたあずまやの中から、

「おーい、エドゥアルト、すごい剣幕《けんまく》だな」

画家のヴィルヘルム・ヘンゼルだった。上着をたくさん着こみ、樹齢《じゅれい》数百年という大イチイの木を写生している。彼は半年後にファニーとの挙式《きょしき》をひかえ、いつも上機嫌《きげん》だ。もうすっかりメンデルスゾーン家にとけこみ、結婚後はこの広大な敷地《しきち》内に新居も建ててもらうらしい。

「フェリックスをさがしてるんだ。大学にいなかったから」

デフリーントも負けずに大声で返事をすると、

「さっきお客が帰ったから、今はひとりで部屋にいるはずだよ」

「わかった」

肌《はだ》をさす風が、ツタでおおわれた高窓をカタカタ鳴らしている。親しい者だけに許された、裏庭から屋内廊下《おくないろうか》へ通じるガラス戸をあけ、勝手に中へ入った。大理石の床《ゆか》はひんやりし、広すぎる空間の冷気《れいき》は戸外とさして変わらない。途中《とちゆう》で召《め》し使いが顔を出したので帽子《ぼうし》とコートをあずけ、フェリックスの居場所《いばしよ》を聞くと、図書室だという。

さすがに図書室は暖房《だんぼう》がきいて暖かい。壁《かべ》という壁《かべ》にびっしりならんだ書物《しよもつ》にかこまれ、フェリックスは熱心にペンを動かしていた。デフリーントが入ってきたのにも気づかない。

「おい、フェリックス」

よほど没頭《ぼつとう》していたのだろう、ひどくおどろいて顔をあげた。もともと大きな目がさらに見ひらかれると、二十歳《さい》というのに少年めいた無防備《むぼうび》な顔つきになり、「天使のような」と形容されたかつての面影《おもかげ》がふとよぎる。それはしかしほんの一瞬《いっしゅん》で、フェリックスはたちまちいつものおだやかで大人びた、分別《ふんべつ》くさいといっていいほどのきまじめな表情をとりもどす。

「エドゥアルトか、おどろくじゃないか、ノックもなく」

デフリーントはそんな非難など無視し、

「今日はヘーゲル教授の美学《びがく》の講義なのに、さぼるなんてめずらしいな」

「次の〈日曜音楽会〉のことで、コンサートマスターと打ち合わせがあったんだ。それが長引いたから、講義に遅刻《ちこく》するのは失礼だと思って」

「行きたいのにあきらめたわけか。君らしい」

そう言いながらずかずか近づき、机の上にひろげられていた楽譜《がくふ》――バッハの『マタイ受難曲《じゅなんきょく》』――を指でたたいて、まくしたてる。

「いつまで研究したら気がすむんだ？　君が音楽学者としても一流なのはみとめるけど、もう十分調べつくし、検討しつくしたんじゃなかったのかい？　バッハが『マタイ』を初演して、今年はちょうど百年目と言われている。こんな絶好《ぜっこう》の機会をのがしたら、もう二度と再演のチャンスはないかもしれない。ぼくは今日こそ君に決意をうながして、いっしょにツェルター先生のところへ談判《だんぱん》に行くつもりだ。君が承知するまでここをうごかないぞ」

「すごい剣幕《けんまく》だね」

「さっきヘンゼルにも同じことを言われた。たのむよ、フェリックス。ぼくはもう待てない。早くこのオラトリオをみんなの前でうたいたくてたまらない」

「まあ、お茶でも飲もう。すわりたまえ」

フェリックスが呼《よ》び鈴《りん》へ手をのばそうとするのをさえぎり、

「お茶なんかいらん。それより早く決心しろ。君は考えすぎるのが悪いくせだ」

「そういう君こそせっかちなんだよ」

けっきょくフェリックスは呼《よ》び鈴《りん》を鳴らしてメイドを呼び、いつものように来客用のお茶の用意をたのんだ。デフリーントはあきらめてソファにどさりと身をなげだし、フェリックスの貴族的な横顔を見つめる。子ども時代のふさふさした長い髪《かみ》はもう短く切られているが、やわらかなカールは変わらない。優美《ゆうび》な立《た》ち居《い》ふるまいは、舞台《ぶたい》に立たせたいほどで、彼がいくつもの選択肢《せんたくし》――銀行家、画家、学者、作家にだってなれたにちがいない――から、音楽をえらんだのは正解なのだろうか。

とはいえ今から三年前、わずか十七歳《さい》でフェリックスはあの『真夏の夜の夢』序曲《じょきょく》を書いている。シェークスピアの同名喜劇を読んで心ときめかせ、付随《ふずい》音楽として作曲したのだが、簡潔《かんけつ》ななかにも音楽と劇がみごとに融合《ゆうごう》した、ロマンティックでかつ古典的な、まるでフェリックスという人間そのもののような美しさをそなえた珠玉《しゅぎょく》の作品に仕上がった。木管《もっかん》が神秘的《しんぴてき》に和音《わおん》をかなでる導入部から、たちまち聴衆《ちょうしゅう》はふしぎな妖精《ようせい》の森へいざなわれてしまう。「この序曲ひとつでメンデルスゾーンは後世にのこる作曲家となった」とローベルト・シューマンは言ったが、ほんとうにそのとおりと思う。

『真夏の夜の夢』に関しては、こんなエピソードもある。ドイツでの初演から二年後、ロンドンでも演奏した折り、フェリックスは辻馬車《つじばしゃ》にスコア（総譜《そうふ》）を置き忘れてしまった。しかたなく記憶《きおく》をたよりに書きなおしたところ、しばらくして、なくなったスコアがもどってきたので照らし合わせてみると、どこからどこまで同じで、あらためて記憶《きおく》力のすごさが証明された。

まったくたいした才能だ、とデフリーントは五歳《さい》年下のこの物静かな友人に、あらためて尊敬の念をおぼえる。しかもフェリックスには少しも偉《えら》ぶったところがなく、だれに対しても分けへだてがない。自分の才能を、あえてひけらかす必要がないからだろうか。ほとんどの若い芸術家が貧困《ひんこん》にあえいでいるのに対し、なんといっても彼は大資産家の長男なのだ。ありあまる才能に、うなるほどの金。その上つい最近、彼は母方《ははかた》の祖母からも莫大《ばくだい》な遺産をうけついだ。

——そうだ、このお祖母《ばあ》さんから攻《せ》める手もあった、デフリーントはひらめく。ちょうど召《め》し使いがお茶をついで出ていったので、さっそくまた話をむしかえす。

「ねえ、フェリックス、いつまでも『マタイ受難曲《じゅなんきょく》』をぼくたちだけの、狭《せま》いサークルで楽しんでいるのは、死蔵《しぞう》していると同じだよ。せっかくお祖母さんが君のためにツェルター先生にたのみこんで、スコアの写《うつ》しをとらせてもらったのがむだになるじゃないか。『マタイ』を再演し、おおぜいの人にバッハの偉大《いだい》さを知らしめることこそ、なによりお祖母さんへの供養《くよう》になるとは思わないのか？」

「うーむ」

フェリックスは眉間《みけん》に小さなシワをよせた。そのようすから、彼がそのことをとっくに考えていたのに気づいたデフリーントは、ますます勢いづき、

「お祖母《ばあ》さんは、君が現代にバッハをよみがえらせると信じてたはずだ。百年の間、だれからもかえりみられず眠《ねむ》っていた『マタイ』を再演するのは、ほかならぬ自分の孫だってね。でなきゃあ、わざわざあのわからずやのツェルター先生に頭をさげて、写《うつ》しをとらせてもらったはずがない。そうだろう?」

このころバッハは干《ひ》からびた音楽と見なされ、まったく人気がなかった。一般《いっぱん》の人々は、バッハ、イコール、ただの練習曲とさえ思っていた。まして彼のオラトリオ(聖譚《せいたん》曲=聖書を題材に、独唱・合唱・管弦楽《かんげんがく》で物語風に構成した作品)はほとんど忘れ去られ、『マタイ受難曲《じゅなんきょく》』も一七二九年(最近の研究では一七二七年)にライプツィヒ聖トーマス教会でバッハ本人の指揮《しき》によって初演されて以来、ごくたまに合唱曲の一部がとりあげられるくらいで、全曲再演は一度もされていない。ヘンデルのオラトリオが長く演奏されつづけているのにくらべ、いちじるしく低い評価しかあたえられていなかった。

フェリックスが古典を勉強するうちバッハにふれ、その端正《たんせい》さにひかれたのは自然

な流れだったろう。それにしても、カビが生えていると見なされていたバッハの真価《しんか》を見ぬいたのは、やはりすばらしい慧眼《けいがん》と言わざるをえない。フェリックスのバッハ愛好は家族の知るところとなり、たまたまツェルターが『マタイ』の写譜《しゃふ》を持っていると聞いた祖母が、かわいい孫のために借りだし、さらに写《うつ》しをとらせてもらって、クリスマス・プレゼントにした。フェリックス十四歳《さい》のときで、以来、彼はこのスコアを研究しつづけ、あらゆる宗教音楽のうち最大の傑作《けっさく》と確信したのだった。

そしてついに数か月前、デフリーントたち友人知人二十人ほどのコーラスを結成し、自宅の〈日曜音楽会〉で部分的上演をおこなって好評を得た。フェリックスは、ピアノを弾《ひ》きながら暗譜《あんぷ》で指揮《しき》をした。キリスト役をうたったデフリーントにしてみれば、次は当然全曲演奏であり、なぜ早くしないのか、もどかしさでいっぱいになっていた。

「お祖母《ばあ》さんのためと、それに今年再演すれば百年記念になることは、ぼくも考えていなかったわけじゃない。でもこれだけの大作を、だれが指揮する？」

「そりゃあ、フェリックス、君しかいないだろう。まさか失敗をおそれて二《に》の足《あし》をふんでいたわけじゃないよな」

「そうではないが……」

福音書《ふくいんしょ》マタイ伝をもとにしたこのオラトリオは、キリスト、ペテロ、ユダ、マリアなどの独唱者のほかに、百人以上の合唱団、パイプオルガンをふくむ二つの管弦楽団《かんげんがくだん》を要する、四時間近い大作である。だがデフリーントには、フェリックスが指揮《しき》する自信があるとわかっていた。

「さあ、腰《こし》をあげよう」

「しかしなあ。このスコアはもともとツェルター先生が所有していたものだし」

「たかだか写譜《しゃふ》を持っていたからといって、一介《いっかい》の個人が人類の財産を私有していいわけがないさ」

「そのとおりだけど、先生が強硬《きょうこう》に反対しているのがわかるだけに、やりにくいよ」

「老人は頭が固いのさ。若い者にこんな大作が上演できるはずない、と決めつけている。君はずっと優等生の良い子で来たから、親や先生にさからうのは悪いことだと思いこんでいるんだろう」

「たしかにそういうところが、ぼくにはあるのかもしれない。でも今回は、それほど単純なものじゃないよ。だって……」

フェリックスが口ごもったので、デフリーントはやっとツェルターの懸念《けねん》のひとつに思いあたった。『マタイ』はおおぜいの歌手を必要とするので、ツェルターの許しが出るということは、彼が責任者となっているベルリン・ジングアカデミーの合唱団を使うということであり、となれば、うまくゆけばいいが万《まん》が一《いち》失敗したら、ユダヤ人の富豪《ふごう》の息子が、金で市の合唱団を買ったと陰口《かげぐち》を言われるに決まっている。ツェルターは自分のためにもフェリックスのためにも、冒険《ぼうけん》はおかしたくなくて反対しているのかもしれない。それに気づいたフェリックスは、強く主張できなくなったのだろう。

デフリーントが口をひらきかけると、それより先にフェリックスが、迷いをふり捨てるようにこう言う、

「再演が成功すれば問題はないんだ」

「そうだよ、そうだ。成功させればいいんだ。しかも成功するに決まっている。なにしろ名高き俳優にして、すぐれた歌手であるこの俺《おれ》さまが、ありがたくもイエス・キリストを朗々《ろうろう》とうたいあげるんだから」

これにはフェリックスもふきだした。ふたりの青年は、しばし屈託《くったく》ない笑い声をたて、すっかりさめたお茶をビールででもあるかのように飲みほした。

次いでフェリックスは、机の上のスコアの一枚を見せながら、いつもの考えぶかい調子でうちあけた。

「バッハが古すぎるというのは、まちがいだと思う。そのまちがいを正すためにも、できるだけ原典《げんてん》に忠実に演奏したい。時代の趣味《しゅみ》にあうよう編曲《へんきょく》するなど、もってのほかだ。ただどうしても必要なところ、たとえばオーボエ・ダ・カッチャは使えないので、クラリネットに代えなくてはいけないし、レチタティーヴォのいくつかには器楽伴奏《ばんそう》をつけた。テノールの高音すぎるところも、ちょっとキーを下げたりとか、小さな変更《へんこう》だけはくわえたけどね」

「お、実はやる気まんまんだったんじゃないか」

「上演と決まれば、すぐできるようにしておいた方がいいと思って……問題はツェルター先生だ。どうだろう、エドゥアルト、演奏者はみんな報酬《ほうしゅう》なしで、収益《しゅうえき》は慈善《じぜん》団体へ寄付するという条件を出してみたら、先生をなだめられると思うかい?」

デフリーントはあらためてフェリックスの思慮《しりょ》ぶかさに感心した。人とのあつれきを嫌《きら》って、ぐずぐず先送りしているとばかり思っていたが、彼はだれの体面も傷つけない最良の方法をじっくり練っていたのだ。強烈《きょうれつ》な個性でおしとおすタイプではないかわり、フェリックスは事を荒立《あらだ》てずに解決する道を冷静にはかっている。

「うん、いい考えだ。それでもまだ反対するなら、あいつは救いがたいバカ野郎《やろう》と証明されるだけだ」

「だめだよ、先生をそんなふうにののしっては」

「ぼくがこれ以上ののしらなくてもいいように、力をあわせてなんとしても説《と》きふせてやろうよ。さあ、善は急げ、だ！」

ふたりはとびだした。

そしてこのがむしゃらな情熱が、ツェルターとの延々一時間以上にもおよぶ激論となり、さしもの老師の心をもうごかして、ついに再演許可をとりつけることになった。

一八二九年三月十一日、ベルリンのウンター・デン・リンデンにあるジングアカデミー・ホールにおいて、フェリックス・メンデルスゾーン指揮《しき》のもと、『マタイ受難曲《じゅなんきょく》』は再演された。この日はイタリアの人気ヴァイオリニスト、パガニーニの演奏会とぶつかったにもかかわらず、客席は超《ちょう》満員。劇場の外には入りきれなかった客が、数百人ものこされた。

これほどの人気をあつめたのは、上演日までの二か月ほどの練習によって、合唱者や演奏者たちがバッハへの理解を深め、口コミでそのすばらしさが伝わっていったことによる。もちろんフェリックスの的確な作品解釈なくしてそれはありえず、チケットをもとめた人々――ヘーゲル、ハイネ、シュライアーマッヒャーなどもいた――は、この若い音楽家が大昔のオラトリオをどう料理するのか、という興味にもひきよせられたにちがいない。

期待は裏切られなかった。〈最後の晩餐《ばんさん》〉〈ユダの裏切り〉〈ピラトの判決〉〈ゴルゴダの丘《おか》の磔刑《たっけい》〉〈イエスの埋葬《まいそう》〉などの情景が、大規模《きぼ》な管弦楽《かんげんがく》と百五十人もの合唱陣《じん》を巧《たく》みにさばくフェリックスの指揮で、壮大《そうだい》に描写《びょうしゃ》された。ホールには、しだいに教会のようなおごそかな雰囲気《ふんいき》がただよいはじめ、深い感動につつまれた聴衆《ちょうしゅう》が時おりもらすためいきが聞こえたし、そこここで涙《なみだ》を流す人も見えた。終演後は、演者と観客ともども宗教的な悦《よろこ》びにつつまれた。

圧倒的《あっとうてき》なこの成功をうけ、『マタイ』は十日後の二十一日——ちょうどバッハの誕生日にあたる——に第二回目が、さらに日をおかず三回目もつづけて上演された。収益金《しゅうえききん》はすべて、めぐまれない少女のための裁縫《さいほう》学校設立資金にあてられた。ツェルターはさっそくヴァイマルのゲーテへ手紙を書き、ゲーテからは、「大海が怒号《どごう》する音が聞こえてくるようです。フェリックスがあなたを感動させたことを、とても喜ばしく思います」との返事がとどいた。

人々のバッハへの熱狂《ねっきょう》は、やがてベルリンからフランクフルト、ケーニヒスベルク、ドレスデン、さらに国外へと、さざ波のごとくひろがっていった。フェリックスはこうして弱冠《じゃっかん》二十歳《さい》で、バッハ再評価の道をひらくという音楽史にのこる偉業《いぎょう》を成しとげた。まさに彼なくして、今へつづくバッハ受容《じゅよう》はないといえよう。

父親は自慢《じまん》の息子の成功に気をよくしつつも、さらなる飛躍《ひやく》を望んで、次の課題を出した。当時の大貴族や富裕《ふゆう》階級の子弟《してい》が、しかるべき仕事につく前にひろく外国を旅して教育の仕上げとする個人的修学旅行、いわゆる〈グランドツアー〉がそれだ。フェリックスは潤沢《じゅんたく》な資金をあたえられ、明くる年からひとりでゆったり三年にもわたって国内はもとよりイギリス、スコットランド、スイス、オーストリア、フランス、イタリアなどをまわり、大いに見聞《けんぶん》をひろめた。あとにも先にも音楽家でグランドツアーをおこなうことのできた人間は、彼しかいない。各地でおおぜいの芸術家たちと知り合い、ゲーテを再訪《さいほう》したり、ヴィクトリア女王に謁見《えっけん》したり、さまざまなパーティへまねかれ、コンサートで演奏した。いくつかの恋《こい》もしたようだ。

旅先では日記をつけ、家族や友人へひんぱんに手紙を書いた。外国の風景をたくさんスケッチしているが、その絵は本格的で、同じように旅先で絵をのこしたアンデルセンのものとくらべると、プロ画家と小学生ほどのちがいがある。そして絵のうまさは、みごとなまでに音楽に反映《はんえい》されており、演奏会用序曲《じょきょく》『フィンガルの洞窟《どうくつ》』を聴《き》けば、メンデルスゾーンが「音楽による一級の風景描写家《びょうしゃか》」と言われる理由もわかるだろう。ここにはスコットランドの孤島《ことう》にある洞窟と、まわりに荒《あ》れ狂《くる》う風と波が、あたかも風景画を見るようにありありと目の前にうかびあがってくる。

グランドツアーでの最大の収穫《しゅうかく》は、だが交響曲《こうきょうきょく》四番『イタリア』であろう。この若々しくエネルギッシュな作品は、暗いドイツからまばゆい南欧《なんおう》にはじめて出たメンデルスゾーンの、新鮮《しんせん》なおどろきが書かせた軽《かろ》やかで幸せな楽曲である。とりわけ第一楽章《がくしょう》の、色彩《しきさい》ゆたかに鳴りひびく管楽器《かんがっき》の調子の良さとメロディの簡潔《かんけつ》さは、一度聴《き》いたらだれもがすぐ口ずさめるほど印象的だ。彼の絵がたしかなデッサンをもとにした具象画《ぐしょうが》なのと同じく、この作品もまた単純で親しみやすくはあるものの、しっかりした古典的骨組《ほねぐ》みの上にきずかれているのがわかる。そして旅が楽しくゆたかなものであったこと、いよいよ拓《ひら》けてゆく人生へ、彼が明るい展望を持っていたことも教えてくれている。

ところが良いことばかりはつづかないのが人生というものだろうか、帰国した二十三歳《さい》の青年を待ちうけていたのは、はたしてにがい挫折《ざせつ》であった。

老ツェルターが亡くなり、ジングアカデミーは新監督《かんとく》を決めなければならなくなっていた。両親も姉のファニーも、フェリックスにベルリンにとどまってもらいたくて、この職につくことを強くすすめた。デフリーントやカール・クリンゲマン（外交官）ら親しい友人たちも、ぜひ引きうけてほしいとせまった。

フェリックスはいやな予感をおぼえ、いったんはことわる。ロンドンやパリを見てきた目には、ベルリンのユダヤ人差別は耐《た》えがたいほど大きく、ましてジングアカデミーの主な活動は教会音楽だったから、いくら彼がキリスト教に改宗《かいしゅう》したとはいえ、偏見《へんけん》を持つ人々にみとめられるとは思えなかったのだ。けれど身近な人間はみんな『マタイ受難曲《じゅなんきょく》』再演のはなばなしい成功をもちだし、あれほどの実績があるからにはえらばれない方がおかしいのだと説得した。

フェリックスに今ひとつ自己をとおすたくましさがあれば、あるいはまた若きゲーテのように肝《きも》がすわっていれば、きっぱりはねつけることができたであろう。かならずしもこの仕事をしたいわけでもなく、地位に魅力《みりょく》を感じていたわけでもなかったのだから。しかし自分の希望より周囲の期待にこたえることを義務と感じていた彼はついに折れ、公式に選挙へ立候補する。

結果は無惨《むざん》なものだった。対立候補はだれがみても凡庸《ぼんよう》な音楽家で実績もなかったのに、一四八票対八八票という大差で、フェリックスは負けてしまう。懸念《けねん》していたとおり、金持ちのユダヤ人に対する反感が敗北の理由だった。自分が悪いわけでもないのに、鼻づらをたたかれたような、手痛い敗北。あののどかな田舎《いなか》での石つぶてと同じ。

デフリーントはわがことのように憤慨《ふんがい》し、「これでベルリン・ジングアカデミーは、並みの水準以下に落っこちてしまうだろう」と言い、事実、そのとおりになるのだが、フェリックスにとってはなんのなぐさめにもならなかった。彼の繊細《せんさい》な心はこの挫折《ざせつ》に血を流し、長く癒《い》えることはなかった。

第五章　はい上がる

メンデルスゾーンが優雅《ゆうが》なグランドツアーに出発した一八三〇年、十歳《さい》のジェニー・リンドはスウェーデンで初舞台《はつぶたい》をふみ、評判を呼んでいた（といってもそれはまだお披露目《ひろめ》というべきものであり、本格的なオペラ・デビューに向けて、さらなる勉強と訓練がつづくだろう）。アンデルセンはといえば、メンデルスゾーンより四つ年上の二十五歳。すでにどん底からはい上がり、コペンハーゲン大学の学生として、短期間ながら初めてのデンマーク国内旅行を経験していたし、処女戯曲《しょじょぎきょく》も刊行していた。

それにしても、ろくに小学校へもかよわなかったアンデルセンが、いったいどうやって大学まで行けたのか。財産も人脈もなにひとつない少年が、みずからの知恵《ちえ》と才覚《さいかく》だけをたよりに冒険先《ぼうけんさき》でみごと栄光をつかむ話は、メルヘンでこそめずらしくないものの、現実にはほとんどありえない奇跡《きせき》のようなもの。どんな奇跡がアンデルセンの身の上におこったかというと――。

ちょうど十一年前。アンデルセンはわずかばかりのお金を持って、コペンハーゲンへたどりついた。安宿《やすやど》を借りたあと、せいぜい良く見える服を着て（それでも途中《とちゅう》で物乞《ものご》いとまちがえられている）、ある女性ダンサーの家をたずねた。オーデンセの知人が紹介《しょうかい》状《じょう》を書いてくれたからだが、がっかりしたことにはダンサーから、「そんな人は知りません」と言われてしまう。それでも彼女はこのみすぼらしい少年を気の毒に思ったらしく、家へはあげてくれた。

はりきったアンデルセンは、自分も舞台《ぶたい》に立ちたいのだと力説《りきせつ》し、以前、劇場で見ておぼえていたダンスを披露《ひろう》することにした。まず動きやすいよう靴《くつ》をぬぎ、ついで大きな帽子《ぼうし》をタンバリンに見立《みた》ててたたきながら、「この世の富のむなしさよ」と声はりあげてうたい、激しく踊《おど》りまわった。そして……追いだされた。

のちにこのダンサーは、有名になったアンデルセンと再会し、「あのときは頭のおかしな子だとばかり思ったものだから」と弁解している。たぶん嘘《うそ》ではないだろう。ひょろひょろで見映《みば》えのよろしくない少年が、でたらめな紹介状《しょうかいじょう》を持っていきなりたずねてきて、はだしで我流《がりゅう》のめちゃくちゃな踊《おど》りをはじめた。あきれはて、うす気味悪く思ったのも無理はない。

追いだされたアンデルセンは、アポイントもないのに、その足でこんどは王立劇場の支配人に会いにゆく。今ので懲《こ》りたため、俳優になりたいとは言わず、「なんでもやるからここで働かせてほしい」とたのんだが、「教育のない者はやとわない」と冷たくことわられる。せめて歌を聞いてもらいたかったが、むだだった。

コペンハーゲンへ出さえすれば、すぐ歌手にもダンサーにもなれると信じていただけに、みじめな失敗の連続はアンデルセンをしぼませた。自殺するか、オーデンセへ帰るしかない——いったんはそう思いつめ、いや、メルヘンの主人公はもっともっとつらい目にあいながら、それでも最後はうまくいったのだから、自分ももう少しがんばらねばと思いなおす。

なにはともあれ、後援者《こうえんしゃ》——才能を見こんでくれて、生活のめんどうをみてくれる親代わりの人——を、急いでさがさねばならない。幸いアンデルセンには妙《みょう》に人なつこいところがあり、だれのふところへも臆《おく》せず入ってゆけるという特技があった。これはひとつには、自分を中心に世界がまわっていると、文字どおり幼児と同じく無邪気《むじゃき》に信じていたからで、現実を見ないともいえるし、相手の迷惑《めいわく》などおかまいなしともいえるのだが、この状況《じょうきょう》ではサバイバルのための最強の武器なのはまちがいなかった。

彼は、コペンハーゲンへくるときいっしょの馬車に乗った女性を思いだし、彼女なら世話してくれるかもしれないとたずねてみる。貧しいけれど親切なこの人は、期待どおり宿と食べものをあたえてくれて、やがて指物師《さしものし》のところでの仕事まで見つけてくれた。ところが有名になりたいアンデルセンは、手職《てしょく》などする気はなくて半日でそこをやめ、次の方策《ほうさく》を考えるうち、ふと、「市の音楽学校校長にイタリア人が着任」という新聞記事に思いあたった。実にこれが運の分かれ道だった。

アンデルセンがそのイタリア人宅へとびこんでゆくと、ちょうどパーティのさいちゅうで来客がおおぜいあり、彼らはまるで余興《よきょう》の演芸のように面白半分で、のっぽの風変わりな少年をとりかこんだ。アンデルセンはここぞとばかり、ぎくしゃくした動きで踊《おど》りうたい、はじめは失笑《しっしょう》を買ったものの、そのうち詩や小説を熱をこめて朗誦《ろうしょう》し、つづいてみずからの哀《あわ》れな身の上を泣きながら語るうち、みんなはその話しっぷりのみごとさに感嘆《かんたん》し、また同情し、さっそくその場で募金《ぼきん》をしてくれたばかりか、作曲家のもとで音楽を学ぶ段《だん》どりまでつけてくれた。

こうしてアンデルセンは、思いがけず市の有力者たちにつてができた。歌手への道は、あいにく半年後に声変わりしたせいであきらめざるをえなかったし、ダンサーや俳優への道も才能のなさがはっきりしたが、そのかわり方向転換《てんかん》し、物書きとして劇場にかかわることにした。子どものころから人形遊びが好きで、いろんな話をつくっていたのが役にたち、アイディアがつぎつぎうかんでくる。彼はせっせと脚本《きゃくほん》を書き、あちこちにもちこんだ。あまりにつづり字のまちがいが多くて採用はされなかったものの、見こみはありそうだということになり、多くの人の情けにすがりつつ、使い走りなどもしながら、なんとか田舎《いなか》へもどらずにすむ。

そうこうするうち有力者のひとりから、枢密顧問官《すうみつこもんかん》ヨナス・コリンに引きあわせてもらった。生涯《しょうがい》の大恩人の登場だ。ここにいたるまで少年アンデルセンは、三年近く奮闘《ふんとう》し、いくどか絶望の淵《ふち》に立ちながらもふみとどまり、ねばり強く努力をつづけてきた。それはあたかも、コリンという第二の父にめぐりあうまでの、きびしい試練であったかのようだ。

コリンについてアンデルセンは、自伝の中でこう書いている。

「世のいかなる父親も、わたしが彼を大切に思うほどに思われた人はいないだろう。また世のいかなる父親も、彼ほどわたしの進歩や成功を喜んでくれた人はいないし、わたしと悲しみを分けあってくれた人もいない。彼はまるでほんとうの父親のように、わたしのためだけを思ってくれた」

世の中には人知《じんち》を超《こ》えたふしぎなことがおこるもので、なぜこれほどまでにコリンがアンデルセンを気に入ったのか、とうてい理屈《りくつ》ではわからない。しかし事実はそうであった。甘《あま》え上手のアンデルセンと、謹厳《きんげん》な実務家《じつむか》のコリンは、前世でまことの親子ででもあったかのように共鳴しあい、おたがいを思いやった。コリンの実子たちが軽いねたみを感じるほど、コリンはアンデルセンをかわいがり、その文才《ぶんさい》を信じ、はげまし、死ぬまで物心《ぶっしん》両面で援助《えんじょ》しつづけた。作家アンデルセンの誕生は、この血のつながらない慈父《じふ》の存在なくしては、ほとんどありえなかったといえるだろう。

コリンはアンデルセンの成長を、長い目で考えてくれた。このまま文才《ぶんさい》をのばすためにも、まず教育をうけるのが先と判断し、国王に口ぞえして、奨学金《しょうがくきん》を出してもらう。まもなくアンデルセンは地方のラテン語学校（本人は十七歳《さい》、同級生たちは十二歳《さい》）へかよい、その後コリンの家に寄宿《きしゅく》してコペンハーゲン大学へ入った。二十三歳という遅《おそ》い入学ではあったが、この学生時代に最初の詩集を出版し、また初めて王立劇場で彼の戯曲《ぎきょく》が上演されることになった。

あとはもう、アンデルセンの天才が走りつづけるばかりだ。彼は多くの詩を書いてみとめられたが、とりわけ旅行記の、それまでにない生き生きした語り口が読者に愛された。はじめての汽車体験記など、すでに乗りなれている今のわれわれが読んでも興奮してしまうほどの新鮮《しんせん》さである。彼自身が旅行好きで、外国のめずらしい風物《ふうぶつ》や新しい体験に子どものように夢中になったことが、文体に反映《はんえい》されているからだろう。メンデルスゾーンが音楽で風景を描《えが》いたように、アンデルセンも言葉をつむいで飽《あ》きず異国の情景を描いた。コリンから資金援助《えんじょ》をうけた初めての国内旅行を皮切りに、翌年はドイツ、翌々年はフランスを経てイタリアへと、長い生涯《しょうがい》の大部分を占《し》めることになる、旅から旅への生活がはじまった。

アンデルセンの名をヨーロッパ中にとどろかせた『即興詩人《そっきょうしじん》』も、イタリア旅行での体験がもとになっている。天涯孤独《てんがいこどく》の青年と絶世《ぜっせい》の美女の恋《こい》を、美しいイタリアの自然をバックに描《えが》いた自伝的な、とはいっても多分に自己を美化《びか》した夢物語的な小説である。

これを発表した三十歳《さい》には、最初の童話集も刊行され、当初こそ反応がなかったものの、じわじわ人気を博して毎年出版されるようになり（最終的には一六〇篇《ぺん》）、「童話の王さま」「芸術童話の祖」としての地位を確立してゆく。コリンたち後援者《こうえんしゃ》の期待に、みごとこたえることができたのだ。

有名になっても、アンデルセンの人なつこさ、気どりのなさは、少しも変わらなかった。いやむしろ知名度があがったことで、いよいよ遠慮《えんりょ》なくだれの家へも入ってゆくようになった。グリム童話集で知られるグリム兄弟をドイツにたずねたときなど、同じ童話作家だから当然相手も自分を知っているものと決めつけ、知りません、と言われて勝手におどろいたこともある。兄弟は作家というより大学で教鞭《きょうべん》をとる言語学《げんごがく》の学者だっ

たし、彼らの童話集はアンデルセンの創作童話とはちがい、ひろく民衆の間に語り伝えられているお話を編纂《へんさん》したものだったから、関心のありかたからして別なのだ。

またこれは晩年だが、アンデルセンはイギリスの著名な作家ディケンズと親しくなり、ずいぶん長く彼の家に逗留《とうりゅう》したことがある。ディケンズ自身は歓迎《かんげい》していたものの、彼の娘《むすめ》たちはアンデルセンの言動《げんどう》に我慢《がまん》ならず、「早く出ていってほしかった」とはっきり書きのこしている。

こうした例はけっして少なくなかった。アンデルセンの無邪気《むじゃき》さを愛する人がいるいっぽうで、紳士《しんし》とはとても呼べないその風貌《ふうぼう》や態度を見くだして笑う人もいた。自伝のエピソードのひとつ――アンデルセンとコリンの長男エドゥアールが、ある家へ招待された。席上で朗読をすすめられたアンデルセンに対し、エドゥアールが、「もし一篇《いっぺん》でも朗読したら、ぼくは今すぐここを出てゆくからな」とおどしたという。アンデルセンは悲しくてつい涙《なみだ》をこぼしてしまったが、あとになってエドゥアールの正しさがわかる。というのもそのときの客たちは、アンデルセンをこっけいな人間としか思っておらず、面前《めんぜん》で、あるいは陰《かげ》で笑うため、朗読させようとしたのだった。

アンデルセンはエドゥアールについて、「いかに誠実《せいじつ》な友であるかわかった」と書いているけれど、もしその場に彼がいなければ、たとえ笑われるとわかっても朗読したにちがいない。なぜならそんな人たちであってもこちらが心をひらき、一生けんめい朗読すれば喜んでもらえると信じていたし、なによりアンデルセン自身、朗読が好きで好きでたまらなかったのだ。彼にとって朗読は、舞台《ぶたい》で演じたり踊《おど》ったりする代わりなのだから。

けっきょくエドゥアールには、社会の底辺《ていへん》から自力《じりき》ではい上がってきた人間の、雑草のごときたくましさが理解できなかったということだろう。

第六章　三人の接点

——へたな貴族の邸《やしき》など問題にもならない。なんと豪華《ごうか》な……。

アンデルセンは、贅《ぜい》をつくした室内に圧倒《あっとう》されていた。寄木細工《よせぎざいく》の床《ゆか》、ゴブラン織りの掛《か》け布、絹のカーテン、どっしりしたマホガニーの家具、大きな箱時計、鏡張りのガラス戸棚《とだな》には磨《みが》きたてられた銀器、陶器《とうき》、ガラス器がずらりとならんでいる。

何代にもわたる有力貴族より、新興《しんこう》の銀行家の方がはるかに金持ちという現実に、新しい時代の芽を感じる。貴族に生まれたというだけで尊敬される時代はすぎ、階級や人種がどうあれ、才能や才覚《さいかく》のある人間が社会の階段をのぼってゆく。それは当然と思ういっぽう、さぞかし反発やねたみも大きいのではと、いらぬ心配もしてしまう。

ここはベルリンのメンデルスゾーン家。最近ようやく親しくなったグリム兄弟に紹介《しょうかい》され、アンデルセンは内輪《うちわ》のパーティ――内輪《うちわ》といっても来客は四、五十人近く、名士《めいし》ぞろいのはなやかな集まり――に出席していた。会を実質的にとりしきっているのは、フェリックスの母メンデルスゾーン夫人ではなく、その長女ファニーで、彼女は客人たちの間を花の蜜《みつ》を吸うハチドリさながら、かたときも羽を休めずとびまわり、あらゆる話題に応じていた。

この絵に描《か》いたような才女《さいじょ》は、小さなころ弟のフェリックスとともに、モーツァルト姉弟の再来《さいらい》と呼ばれ、「もし彼女が貧しい家に生まれていれば、クララ・シューマンのような大ピアニストになっていただろう」と評されていた。それほどの才能も今は、弟の良きアドヴァイザーの役まわりに満足しているということだった。

アンデルセンはファニーとあいさつをかわしたあと、すぐ旅行談義《だんぎ》になった。彼女は夫と子どもとともにイタリア長期滞在《たいざい》を終え、ちょうど帰国したばかりという。

「ローマにはぜひまた行きたいと思っていますの」

「トレヴィの泉の水をお飲みになりましたか？　あの噴水《ふんすい》の水を味わえば、かならずまたローマへもどれるそうですよ」

「まあ、迷信ぶかいんですのね」

ファニーはくっきりした黒い眉《まゆ》をあげ、大きな美しい目をみひらく。

「でもほんとうのことです。わたしは二度目に行ったとき、いそがしくてトレヴィの泉へ寄れないまま、翌朝帰らなければならなくなったんです。その夜は残念で残念で眠《ねむ》れませんでした。ところが次の日、荷物をはこぶ男についてゆくと、偶然《ぐうぜん》にも泉の横を通るじゃありませんか。またとない幸運！　急いで手ですくって飲みましたよ。おかげで三回、ローマへ行けたというわけです」

ファニーはほほ笑み、さりげなく話題を変えた。

「鉄道開通のとき、まっさきに汽車にお乗りになったとか」

「乗りました、乗りました。五年前の、ドイツ初のやつです。目のまわるような速さでしたよ。時速五十キロ近いんですからね。オペラ作曲家のロッシーニ氏なんか、すっかりこわがって、もう二度とごめんだと言ったそうです」

「フェリックスも『気の狂《くる》うほどの速さだ』と、手紙に書いてよこしていましたわ。でも、とっても楽しくて、また乗りたいんですって」

「それはよかった。彼も新しもの好きなんですね。ぼくと話が合いそうだ」

「フェリックスとはまだ一度も会ったことがないのですね。今日は仕事で遅《おく》れていますが、もうすぐまいりますでしょう。きっと仲良くなれるはずですわ。フェリックスはだれからも好かれますの。話題は豊富ですし、心がひろくて友だち思いなので、彼のために一肌《ひとはだ》も二肌《ふたはだ》もぬぎたいという人たちが、おおぜいいるんですのよ」

自慢《じまん》の息子を誇《ほこ》る親ばかの母のように、あるいは熱烈《ねつれつ》な恋愛《れんあい》のすえ結ばれた夫について語る若妻のように、ファニーは手ばなしで弟をほめた。

人が割って入り、ファニーに話しかける。優雅《ゆうが》に一礼《いちれい》して彼女が立ち去ると、アンデルセンのまわりにもほかの客たちが寄ってきた。「なにか童話を読んでください」と口々に言う。そこでアンデルセンは暖炉《だんろ》を背にして立ち、本をとりだして、コホンとひとつ咳《せき》をしてみせた。みんなの注意をひくためだったが、この大きすぎる広間にはあまりにも人がこみあっていたため、彼を丸くかこんだ主に女性たち十数人をのぞけば、あとは無関心に談笑《だんしょう》をつづけたり、葉巻をくゆらせたりワインを飲んだり、でたらめにピアノのキーをたたく者などもいて、ざわめきは静まらない。

「もう少し、こじんまりした会だとよかったのですが、でも」

アンデルセンは気をとりなおし、一番人気の『人魚姫《ひめ》』を、思い入れたっぷりに朗読しはじめた。人魚の姫の、王子へのかなわぬ思い、そして自己犠牲《ぎせい》の物語。愛をつらぬき、海のあわとなって人魚姫が死ぬラスト・シーンへくると、すぐ前のソファに腰《こし》かけていた若い女性の何人かが、こらえきれずにすすり泣き、聞いていないかと思っていたメンデルスゾーン夫人や、壁《かべ》にもたれて腕《うで》組みしていた中年男性までが、心のこもった拍手《はくしゅ》をしてくれた。

アンデルセンは大いに面目《めんぼく》をほどこし、うれしさのあまり、たのまれもしないのにもうひとつ読もうと口をひらきかける。そのときだった、入り口あたりが急にざわめいたかと思うと、広間のほとんど全員が先をあらそってそちらへ殺到《さっとう》してしまう。ついさっきまでしおらしく涙《なみだ》をぬぐっていた女性たちまで、魚の群れがいきなり向きを変えるようにに、あっさりアンデルセンからはなれてゆく。

あきれた彼が腕《うで》組みの男に、「なにかあったのですか?」と聞くと、

「お目あての、リストが到着《とうちゃく》したんでしょう」
「リストって、あのフランツ・リスト氏ですか」
「ええ、そうです。見てらっしゃい、彼のピアノを聴《き》いて、きっと失神《しっしん》する女性も出ますよ」

リストのカリスマ的人気は、アンデルセンもいやというほど知っていた。パリの演奏会で、女性客が何人も興奮して気絶《きぜつ》するすがたを実際に目撃《もくげき》しているからだ。「ピアノの神」とあだ名されるリストは、その超人的《ちょうじんてき》なピアノのテクニックよりむしろ社交界の寵児《ちょうじ》として有名で、女性関係の派手なことはカサノヴァ以上ではないだろうか。たしか今は、かけおちした伯爵《はくしゃく》夫人と暮らしているはずだ。

はなやかでハンサムなリストは、しかしじかに話しをしてみると、予想に反して感じの良い親切な人間だということも、アンデルセンは知っていた。ヴァーグナーやショパンをはじめ、経済的に困窮《こんきゅう》している作曲家たちを私心《ししん》なく後援《こうえん》してもいる。だから個人的には彼を好きなのだが、こうまで人気の差を見せつけられると、さすがに傷つく。

背の高いアンデルセンは、暖炉《だんろ》のそばをはなれず首をのばしてようすを見ていた。リストはひっきりなしに話しかけられ、もみくちゃにされ、好物《こうぶつ》のコニャックにろくに口をつける間もなさそうだ。これではあいさつしようにも近づけそうにない。そのうちリストはピアノの前へひっぱってゆかれ、みんなはできるかぎり彼のすぐそばへ陣取《じんど》ろうと、押《お》し合いへしあいしている。やがて広間がしんと静まりかえると、パガニーニのヴァイオリン協奏曲《きょうそうきょく》をリストみずからピアノ曲に改作した、まさに超絶技巧《ちょうぜつぎこう》の練習曲が、彼の長い指の間から流れ出た。

アンデルセンはだれにも気づかれないよう、バルコニーへ通じるドアからそっとぬけだした。いつもならリストの演奏を聴《き》きのがすことなどないのだが、なんとなくいたたまれなかった。演奏が終わったあとで朗読すればよかったと後悔《こうかい》したり、ドイツ人は音楽をすべての芸術のうちもっとも高貴《こうき》だと考えているのだからしかたがない、などと、くよくよする自分がいやだった。少し庭でもまわってくれば、気分転換《てんかん》になるかもしれない。

バルコニーを下り、石だたみの小径《こみち》を歩くうち、ピアノの音も聞こえなくなる。広大な庭園には手入れのゆきとどいた花壇《かだん》がいくつもあり、バラ、ダリア、ユリ、グラジオラス、ヒマワリといった季節の花々が咲《さ》きみだれている。めずらしい新大陸の植物、サボテンまであるのにおどろく。アンデルセンはリストに嫉妬《しっと》したことが、だんだん恥《は》ずかしくなってきた。だれもふたりをくらべてなどいないのだから、ひとりでさわぐなど、みっともない。

広間へもどろうとして、噴水《ふんすい》のそばのベンチに人がいるのに気づいた。ファニーの夫ヘンゼルだ。プロイセン宮廷《きゅうてい》画家の彼は、どうやらこちらをスケッチしていたらしい。

「やあ、見つかってしまいましたね。こっそりあなたを描《か》いていたんですよ。悩《なや》める作家の散歩すがたが、とても絵になっていたものですから」

ヘンゼルが笑う。アンデルセンはその横にのっそり腰《こし》かけ、スケッチブックを見せてもらった。ダリアの花に身をかがめた、やせたメフィストのような自分が描《えが》かれていて、またも憂《ゆう》うつになる。しかしもう一枚の絵は、正面を向いているのでたれた鼻が目立たないし、眉間《みけん》にシワをよせてうつむきがちに歩いているすがたは、ベートーヴェンに似ていて気に入った。

「ほかのも見ていいですか」

ヘンゼルの許可を得て、ぱらぱらめくってみる。パーティのにぎわいや、カリカチュアされた客の顔が、たっしゃな筆で描《えが》かれていて面白い。だがこれを見ると、庭の景色の方が多くて、ヘンゼルはパーティの最初だけいてすぐ外へ出たようだ。アンデルセンの問いかける視線にこたえて彼は、

「ええ、そうなんです。パーティは疲《つか》れるんで、いつも途中《とちゅう》で出てしまいます。あなたと同じですね」

アンデルセンをパーティ嫌《ぎら》いと誤解し、仲間意識を感じているようだ。

「おや、これは奇妙《きみょう》な絵ですね」

古い方のスケッチブックの一枚を指さし、アンデルセンは言った。『車輪』とタイトルのついた走《はし》り描《が》きで、大きな車輪の八本の軸《じく》がそれぞれ八人の男女の立ちすがたとして描かれ、さらに中央にひとり本を読む男性と、輪の外わくにあぶなかしげにしがみついている男性ひとり。

「ああ、それね。メンデルスゾーン家の一族を、車輪に見立てたんです。両親、祖父母、子どもたち。まんなかがフェリックス。なにしろこの家族は、フェリックスを中心にま

わっていますから」

「なるほど。じゃあ、外わくに足をかけている人物が、ヘンゼルさん、あなたですね。そしてあなたといっしょに輪留《わど》めをにぎって、つながっているのが……」

「そう、ファニーです。なんとか彼女を輪の外へ出してやろうと、ぼくは努力しているわけですが、婿《むこ》の立場は非力《ひりき》でね。ファニーにはプロの音楽家になる才能がある。作品集を出版させてやりたくても、フェリックスが反対なもので」

「上流階級の女性が仕事を持つと、世間の非難《ひなん》がありますしね」

「でも夫の言うことより、弟の言うことを優先するなんて」

ヘンゼルの口調《くちょう》が不満げなのも無理はない。ファニー夫妻の仲むつまじさはだれの目にも明らかだが、それでもなおファニーは夫よりフェリックスをだいじにしている、と言う人は多かった。

「フェリックスは今、ライプツィヒに住んでいるのでしたね」

アンデルセンは話題を変える。

「そうです。三年前にセシルという青い目のすばらしい美女と結婚して、今では子どももいますよ。この絵のころはまだ独身だったので、輪の中にセシルはいないんですが。ま、いずれにしてもフェリックスは、今なおこの家の精神的支柱でありつづけています。父親のメンデルスゾーン氏が亡くなってからは、いっそうです。おかげでセシルは、ここにしばらく滞在《たいざい》していたとき緊張《きんちょう》つづきだったらしくて、二度も神経発作《ほっさ》をおこしてしまい、まったく気の毒でした」

ヘンゼルはアンデルセンに気をゆるしてか、ずいぶんあけっぴろげだ。

「それで新婚夫婦はベルリンに住まないことにしたのですか」

「いや、そのせいではありません。結婚前からフェリックスはベルリンを嫌《きら》っていました。小さなころ、通りでプロシャの皇子に呼びとめられ、ユダヤ人め、とつばを吐《は》きかけられたことがあったし、おまけにあのジングアカデミーの選挙。お聞きになったでしょう？　えらばれなかった理由が理由ですから、フェリックスはひどく傷ついてね」

「……」

「しかし彼は骨《ほね》っぽいところがありますよ。選挙の二年後くらいだったかな、クララ・シューマンと共演したとき、プログラムには〈フェリックス・M・バルトルディ〉ではなく、〈フェリックス・メンデルスゾーン〉で通しましたからね。父上が怒《おこ》って、これではなんのために洗礼《せんれい》をうけさせたかわからない、キリスト教徒ということをちゃんとしめすようにと、何度も書きかえを要求したのにです。がんとしてゆずりませんでしたよ。これまではなんでも父上に絶対服従《ぜったいふくじゅう》でしたから、ぼくはちょっと見なおしました」

「自分のルーツをかくさないのは、自信のある証拠《しょうこ》といえますね」

アンデルセンはまだ見ぬフェリックスに好感を持った。

そして同じユダヤ人のハイネが、

「よく聞け、おれは熊《くま》だ。

自分の生まれを、ちっとも恥《は》じちゃいない。

それどころか、誇《ほこ》りにさえしている、

モーゼス・メンデルスゾーンの孫みたいにな!」（「アッタ・トロル」から）

という詩を書いていたのを思いだした。

「そうです。選挙のことにしても、」とヘンゼルはつづけた。「ほんとうの意味で負けたのはフェリックスではなくジングアカデミーの方だと、今ではみんな知っています。ツエルター氏がいたころの勢いはまったくありませんし、メンデルスゾーン家もいっさい後援《こうえん》をやめたので、経営もたいへんみたいです。とにかくベルリンの音楽界全体が停滞《ていたい》中ですよ。ライプツィヒがフェリックスのおかげであんなに盛《も》りかえしたのと、いい対照です」

フェリックス・メンデルスゾーンが、ライプツィヒのゲヴァントハウス管弦楽団《かんげんがくだん》音楽監督《かんとく》に就任《しゅうにん》して、五年たつ。地味だったこの楽団を、短期間でヨーロッパ有数の楽団に育てあげたことは、アンデルセンの耳にまで聞こえていた。いくつものめざましい改革をおこなっている。たとえば音の厚みを増すため、オーケストラの人数を十人もふやして五十人ほどにし、市参事会《さんじかい》とかけあって団員の給料を大幅《おおはば》に上げたうえ、年金ももらえるようにした。これによって団員の社会的地位があがり、演奏のレベルも格段に向上した。

だがなによりフェリックスが力を入れたのは、指揮者《しきしゃ》を中心に個性的な楽団をつくりあげることだった。これまでの指揮者といえば、役割も立場もかなりあいまいだったのだが、彼はその責任範囲《はんい》を演奏プログラムの選択権《せんたくけん》から作品解釈にまでひろげている。

つまり指揮者《しきしゃ》は単にオーケストラの技術的まとめ役ではなく、芸術的解釈者であり、そしてその方がだいじな役目であるということを内外にはっきり知らしめたのだ。それにしたがって指揮棒《しきぼう》も毎回使うようにしたが、これもこのころではめずらしいことだった(たいていは棒を使わず、手をふるだけだったので)。

こうしてゲヴァントハウスの名が高まるにつれ、リスト、クララ・シューマン、神童《しんどう》ともてはやされたヴァイオリニストのヨーゼフ・ヨアヒムやフェルディナンド・ダヴィッドなど、有数の演奏家たちが客演するようになる。フェリックス自身も指揮者としてばかりでなく、ピアニストやオルガニストとしても出演した。貢献《こうけん》がみとめられ、彼はライプツィヒ大学から名誉《めいよ》哲学博士号《てつがくはかせごう》と名誉《めいよ》芸術修士号《しゅうしごう》を授与《じゅよ》されている。

「ライプツィヒをまわるつもりなので、かならずゲヴァントハウスの演奏を聴《き》きに行きますよ。でもその前にまず彼と知り合っておかなくては。そろそろ広間へもどった方がよさそうですね」

アンデルセンは言った。

「おしゃべりにつきあわせてしまって、すみませんでした。フェリックスはもうそろそろくるころだと思いますよ」

ヘンゼルと別れ、アンデルセンはもときた道をたどった。思いがけず長く外へ出ていたので、ファニーたちが心配しているかもしれない。それなら申しわけないと、急ぎ足になる。

バルコニーへ近づくと、ひらいた窓からピアノの音がもれ聞こえてきた。まばゆいテクニック、派手でこれみよがしの、リストの演奏である。もっともっととせがまれて、あれからずっと弾《ひ》きっぱなしなのだろうか。コンサートでもないのに、気の毒にと思いながら、アンデルセンは中へ入った。するとずいぶんさっきと雰囲気《ふんいき》がちがう。みんながピアノをとりかこんでいるのはそのままだが、なぜか笑っているのだ。いったいどうしたことかとまわりを見わたして、アッと口の中でさけんだ。ソファのクッションにもたれて、だれよりも愉快《ゆかい》げに大笑いしているのは、なんとリストその人ではないか。

そこでようやくアンデルセンは、ピアノの前にすわっている人物に目をやった。年のころはリストと同じ三十くらい。端正《たんせい》な容姿《ようし》や、細身《ほそみ》の身体をすきのない完璧《かんぺき》なファッションでかためているのも同じだが、たたずまいが似ても似つかぬ別人である。男を花

にたとえるのもどうかと思うが、リストが燃える真紅《しんく》のバラだとしたら、こちらは白いユリのような清潔さが感じられる。それほどちがうタイプなのに、熱にうかされたような陶酔《とうすい》しきったようすで、身体を大きくゆすり、あるときは髪《かみ》をふりみだし、あるときはのけぞり、激しいタッチ、また極端《きょくたん》なピアニッシモで、リストをそっくりまねしているからこそ、みんなはおかしくて笑いころげていたのだ。

けれどおどろくのは、そのまねがかたちだけではないことだった。身ぶりや動きだけ似せるのなら、しろうとにもできる。このピアニストは、演奏そのものまで巧《たく》みにリストを——やや大げさとはいえ——なぞっていた。まるで指が片手に十本もあるかのように、まるでリスト本人が弾《ひ》いているかのように。そんなことができるのは、自身が卓越《たくえつ》した演奏家である証拠《しょうこ》だ。いったい何者なのだろう。

やがて演奏は少しずつ高《たか》ぶりをしずめてゆく。ペダルの使用がひかえられ、テンポのとりかたが正確になる。うかれたように自分に酔《よ》う演劇的世界から、冷静で抑制《よくせい》された気品ある世界へ移ってゆく。それとともに演奏者の表情も、きまじめで真剣《しんけん》なものへと変わっていった。これが彼本来の弾き方にちがいない。アンデルセンには、こちらの方がずっと好《この》ましく思えた。

最後の一音が長い余韻《よいん》をのこして消えると、広間は割れるような拍手《はくしゅ》につつまれた。

ふたたびにぎやかな笑い声もまじり、リストがだれよりもさきに立ちあがって、演奏者に抱《だ》きつく。

「自分がもうひとりいるかと思ったよ」

友人同士なのだろう、ほんのり顔を赤らめつつも、親しげな口調《くちょう》が返る。

「怒《おこ》られるかと思って、実ははらはらしながら弾《ひ》いていたんだ。楽しんでもらえてよかった」

「最高だったよ」

アンデルセンはそばの人に小声で、「あれはどなたですか」とたずねた。

「ご存知ないんですか？　この家の長男フェリックスです」

ああ、そうだったのか。あらためて見れば、秀《ひい》でたひたいも大きな印象的な目も、ファニーによく似ている。なんときれいな姉弟だろう。

ふとフェリックスがこちらへ目を向けた。たちまち顔を輝《かがや》かせ、若々しくも洗練された足どりで、アンデルセンの方へやってきた。

「アンデルセンさん、どうもはじめまして。メンデルスゾーンです」

握手《あくしゅ》をすると、やわらかな女性のような手だった。小柄《こがら》なので、大男のアンデルセンが見おろすかたちになる。

「はじめまして。ハンスとお呼びください。フェリックスと呼ばせていただいてもいいですか」

「ええ、喜んで。さあ、こちらへおかけになりませんか、ハンス。今日はあなたとお話しできると思って、とても楽しみにしていたのです。ご著書はいつも読ませていただいています」

ふたりは部屋のすみの椅子《いす》へ腰《こし》かけた。召《め》し使いがうやうやしくマデーラ酒をはこんできて、ヴィクトリア朝《ちょう》様式の凝《こ》った飾《かざ》りテーブルの上へ置いた。

「今の演奏には、びっくりしました」

「いや、お恥《は》ずかしい。ただの余興《よきょう》です」

「リスト氏のまねの方ではなく、ご自身の演奏にです。すばらしかった。なんとしてもゲヴァントハウスのコンサートを聴《き》かなくては」

「ええ、ぜひライプツィヒへいらしてください。わが家へ泊《と》まってくださると光栄です。妻のセシルはあなたの童話に夢中なのです。子どもはまだ小さいので、読んで聞かせられる日を今から楽しみにしているほどです」

そしてフェリックスは、ゲヴァントハウス管弦楽団《かんげんがくだん》でおこなっている〈歴史音楽会〉(バッハから現代までの、音による音楽史のこころみ)について熱っぽく語った。とくに、まだあまり知られていない若い作曲家たちの紹介《しょうかい》を精力的におこなっていること、たとえばローベルト・シューマンのすぐれた作品について解説してくれた。

聞きながらアンデルセンは、さっきのヘンゼルとの会話を思いだしていた。目の前のこの柔和《にゅうわ》で貴族的な男性は、見かけよりずっと芯《しん》が強く、自己の芸術に対して確固《かっこ》たる思想を持っている。彼はくだらない差別などものともせず、自分の信じる道をまっすぐ正確に、しかも——ピアノの弾《ひ》き方にあらわれているとおり——抑制《よくせい》された優美《ゆうび》さをもって歩んでいるのだろう。

ふたりはしばしヨーロッパの芸術家のだれかれについて語りあって時のたつのを忘れ

たが、気づくと、あまり上手とはいえないピアノ伴奏《ばんそう》で、これまたあまりうまくないソプラノ歌手が、フェリックスの歌曲をうたっていた。アンデルセンの白《しら》けた顔を見たフェリックスが、いたずらっぽくほほ笑んで、こうささやく。

「演奏しているのはピアニストではなく、政治家なのです。彼は、ここだけの話ですが、あの歌手のパトロン兼《けん》恋人で、なんとか彼女をオペラの主役にしようと画策《かくさく》しているのです。でもあの声ではとうてい無理でしょうね」

オペラ歌手という言葉で、アンデルセンはふと思いだし、

「ジェニー・リンドをご存知ですか」

「リンド？　さあ、聞いたことがありません」

「そうですか。やはりまだスウェーデン国内でしか知られていないのですね。わたしもあの国へ行くまでは、名前すら耳にしたことがなかったのですが、行ってみて人気のすごさに唖然《あぜん》としました。〈リンド着せかえ人形〉などというグッズまで売っているし、コンサートのチケットはなかなか手に入らないのだそうです。しかもまだ二十歳《さい》なのに、宮廷《きゅうてい》歌手の称号《しょうごう》まで持っている。歌声はまるで小鳥のようで、〈ナイチンゲール〉とあ

だ名されているとか」

「お聴《き》きになったのですか」

「いや、あいにくそのチャンスがなかったのです。でも本人には、ついこの前コペンハーゲンで会いました」

アンデルセンは家を持たず、ホテル・ド・ノアを定宿《ていしゅく》にしていたが、スウェーデンからコペンハーゲンへもどってまもなくのこと、たまたまその宿泊人名簿《しゅくはくにんめいぼ》にジェニー・リンドの名前を見つけたのだった。ちょうど評判を聞いてきた直後なので、これはあいさつにゆかねばなるまいと、すぐさま彼女の部屋をノックした。

「アポイントもなく、いきなりいらしたのですか——」

フェリックスがいささかおどろくと、

「それはもちろんです。わたしは正装《せいそう》してゆきましたからね。彼女はガウンすがたでしたが」

「……」

「骨休《ほねやす》めに、二、三日コペンハーゲンへ遊びにきたと言っていました。スウェーデンでわたしの戯曲《ぎきょく》が評判になった話などをしたのですが、気もそぞろで、会話がはずまないのです。彼女はていねいに応対してはくれましたが、まあ、どちらかといえば他人行儀《たにんぎょうぎ》で、冷淡《れいたん》な態度でしたよ。少しがっかりしました」

「突然《とつぜん》なので、きっとおどろいたのでしょう。ご婦人は来客をむかえるとき、お化粧《けしょう》の時間が必要ですからね」

「なるほど。それは全然気がつきませんでした。そうか、そういえば、顔色が悪いと思ったのは、化粧していなかったせいかもしれませんね。わたしはそんなことなど気にしないのに、彼女はこまっていたのかな。だとしたらすまないことをしたものです」

「美人でしたか」

「うーん、そうですね。いや、ごくふつうの娘《むすめ》さんでした。聞くところでは、彼女の声と容姿《ようし》の落差《らくさ》に、さいしょ観客はおどろくようです。ところが歌を聞きつづけてゆくうち、そんなことはどうでもよくなるのだとか」

フェリックスはそれきりこの話に興味を失ったらしいが、アンデルセンはなおもこう付けたした。

「彼女の声は自然で真実のものだと言われていますが、もしかすると、フェリックス、あなたの演奏に通じるものがあるかもしれませんね」――。

第七章　「彼女を恋《こい》している！」

アンデルセンのふいの訪問をうけたとき、ジェニー・リンドがどことなく暗かったのも道理《どうり》、彼女は社会的成功とはうらはらに、最悪の精神状態だった。少女のころからうたいつづけ、のどを酷使《こくし》しすぎたため、早くも美声にかげりが見えだしていたからだ。どうしたらいいのだろう。人気は上昇中《じょうしょう》で、まだだれにもおとろえは気づかれていない。このままなんとかやってゆけるのではないか。リンドは迷い、休養を理由に、デンマークへ一時《いちじ》逃《のが》れをしにきていた。他国では知名度も低く、静かに考えることができると思っていた。アンデルセンであれだれであれ、人と歓談《かんだん》する気分ではなかった。

スウェーデンへ帰ってから、彼女は覚悟《かくご》をきめる。パリの著名なトレーナーについて声をきたえなおすことにする。いかにも彼女らしい賢明《けんめい》な選択《せんたく》だった。たとえ遠まわりに見えても、けっきょくはそれが最善の道だと告げる心の声にしたがったのだ。

パリでは最初の六週間、いっさいうたうことを禁じられた。それほど声帯《せいたい》が傷《いた》んでいた。不安だったが、「傲慢《ごうまん》にならないよう、神があたえたもうた大切な日々」と思って耐《た》えた。その後ヴォイス・トレーニングがはじまり、最終的には十か月間の特訓によって、二オクターブと四分の三という驚異的《きょういてき》な広音域《こうおんいき》を獲得《かくとく》し、舞台復帰《ぶたいふっき》後は、前にもまして大喝采《かっさい》をあびるようになる。

こうしてスウェーデン・オペラ界の頂点に立ったリンドだが、しかしそれはまだ狭《せま》い国内に限定されたものだった。世界の歌姫《うたひめ》になるにはヨーロッパ音楽の中心地であるパリ、ロンドン、ウィーンといった大都市で勝負しなければならないが、みずからを田舎《いなか》者と感じていたせいで、周囲からいくらすすめられてもしりごみしつづけた。そんな引っこみ思案《じあん》の彼女の背をおしたのが、アンデルセンである。

二十三歳《さい》のリンドが、休暇《きゅうか》でふたたびコペンハーゲンに滞在《たいざい》中、またもアンデルセンがたずねてきた。三年ぶりの再会。このたびの彼は、友人の舞台《ぶたい》関係者からたのまれ、デンマーク王立劇場に出演するよう、リンドを説得する役だった。初顔合わせのときの他人行儀《たにんぎょうぎ》な味気《あじけ》なさとはうって変わり、ふたりはたがいを好《この》ましく感じた。人ととけこみにくいリンドだったが、すでにアンデルセンの童話を読むようになっていたし、アンデルセンはリンドが前より明るく愛想のよいのに喜び、話がはずんだ。

ただし出演交渉《こうしょう》は長引いた。「デンマーク語ではうたえませんし、母国以外の舞台《ぶたい》に立ったことがないので不安です」「もし客席からブーイングされたら、どうしていいかわかりません。いいえ、とてもよその国でうたう勇気などありません」と、リンドはことわりつづける。だが言語の問題は、彼女だけスウェーデン語でうたってもかまわないということで解決し、自信のなさについては、スウェーデンであれだけ成功しているのだから、ここでも絶対だいじょうぶと――おかしなもので、この時点ではアンデルセンはまだ一度もリンドの歌を聴《き》いていないのに――はげまし、ようやく承諾《しょうだく》を得る。

リンド初の国外オペラ出演が実現した。演目《えんもく》は、このころ評判をとっていたマイヤーベーアの『悪魔《あくま》のロベール』で、彼女はアンデルセンが想像していた以上の成功をおさめた。丸みをおびて、どこまでも高く伸《の》びてゆく声、のちにショパンが「北極のオーロラ」にたとえた輝《かがや》く声、そしてなめらかで完璧《かんぺき》な歌唱が、観客の心を瞬時《しゅんじ》にとらえたのだ。彼女だけがスウェーデン語でうたったのも、かえってエキゾチックな魅力《みりょく》をきわだたせ、自然な演技は演技であることを忘れさせるほどだった。

あまりに人気が沸騰《ふっとう》したので特別コンサートまでもよおされ、興奮した聴衆《ちょうしゅう》が彼女の宿泊《しゅくはく》先のまわりをたいまつ行列して、熱狂《ねっきょう》ぶりをしめした。このときリンドが感激のあまり部屋のかたすみで涙《なみだ》を流しているのを見て、アンデルセンの恋《こい》ははじまったのかもしれない。舞台《ぶたい》の彼女とふだんの彼女の落差《らくさ》の大きさと、それゆえの魅力を、彼は自伝にこう書いている、

「舞台では聴衆《ちょうしゅう》を圧倒《あっとう》する偉大《いだい》な芸術家である彼女も、自分の部屋では、すなおな心と女らしいやさしさを持つ、ただの内気な娘《むすめ》だった」

翌年アンデルセンはマイヤーベーア本人と会ってリンドを推薦《すいせん》し、こんどはベルリンでのオペラ出演の道をひらいてやる。ヨーロッパにおける彼女の名声は、このドイツを起点にしてはなばなしく展開されることになるのだ。

それはしかしまだ少し先の話である。今のアンデルセンは、リンドがコペンハーゲン

にいる間、どうにかして恋人《こいびと》になれないかと、あがいていた。日記には、「オペラ初日終了後《しゅうりょう》、みんながジェニーとわたしのために乾杯《かんぱい》。恋におちた」「プロポーズを考えている」「彼女にわたしのポートレートを贈《おく》り、詩をひとつ書いた。彼女を恋している」「夜中に手紙を書く。きっとわかってくれるはずだ。彼女を恋している！」

彼はリンドの困惑《こんわく》に気づかなかった。毎日会いたいので、毎日会いに行った。例の調子でアポイントもとらず、相手のつごうなどまったく気にせず、思いこんだら命がけという勢いで、好き勝手な時間に訪問した。歌の練習中だからとか頭痛で休んでいるからと付き人のルイーズにことわられても、いっこうに頓着《とんちゃく》せず入っていった。詩や花束や革製書類入れなどのプレゼントが、また自作の朗読が、リンドを喜ばせていると信じていた。迷惑《めいわく》がられているとは夢にも思わないし、そのスマートでないやり方が、彼女を悩《なや》ませているかもしれないと疑ったことさえなかった。

リンドの生い立ちを知っていたアンデルセンが、自分たちを近い者同士と感じていたのはまちがいない。彼はこれまでも何度か恋してきたが、その相手とは――すべて片思いだったが――身分や育ちがちがいすぎ、結婚へ発展してゆく可能性は少なかった。け

れどリンドなら、自分と同じく、生活の辛酸《しんさん》をいやというほどなめている。人にさげすまれるような境遇《きょうぐう》に生まれながら、才能と努力だけではい上がってきた。たがいを深く理解しあえるはずだ。

もちろんそれだけではない。リンドがめぐまれない子どもたちのための慈善《じぜん》コンサートを長くつづけていることに対し、アンデルセンは自分にはとてもできないと感じるだけに、いっそう敬意をおぼえていた。しかも彼女はこれほど長くはなやかな世界にいながら、いつまでも素朴《そぼく》さを失わず、家庭的でもあった。幸せな家庭を知らずに育ったので、幸せな家庭をきずきたいと素朴な願いを持っていた。これほど妻としてふさわしい女性が、ほかにいるだろうか。

アンデルセンは今の自分の立場をふりかえった。三十八歳《さい》で、ヨーロッパ中だれ知らぬ者のない有名人。王侯《おうこう》貴族からも招待をうけ、多くの勲章《くんしょう》をもらい、生活にもこまらない。旅から旅の生活だったのでホテル住まいだが、結婚すればどこなりと家をかまえることはできる。大オペラ歌手の夫としても、けっしてひけはとらない。プロポーズしたら、きっと受け入れてもらえるだろう――。

リンドにも、そんなアンデルセンの気持ちが伝わっていた。けれど口べたで、うまく意思表示《いしひょうじ》のできない彼女は、自分ではことわっているつもりでも理解されず、結果的に相手の情熱をさますことができなかった。幸いにもコペンハーゲンでの仕事は一時的だったので、アンデルセンの情熱には気づかないふりをして帰郷した。別れぎわ、彼は手紙をくれた。思ったとおり恋心《こいごころ》をうちあける手紙だったが、返事は書かなかった。どう書いていいかわからなかったのだ。彼には感謝していたし、良い人で天才なのはたしかだが、ただそれだけだったたから。

いっぽうアンデルセンは、ストックホルムに帰ったリンドから一か月たっても二か月たってもなんの返事もないので、女友だちに相談した。「ものも食べられないほど、恋に苦しんでいる」と。その女性は手紙をくれて、「ジェニー・リンドのようなすばらしい人格者にふれたなら、恋愛《れんあい》感情よりも神の愛に似た愛を知ったはずです」と、遠まわしに恋をあきらめさせようとした。

面白いのはアンデルセンの反応で、彼はそのメッセージを別な意味にとり、すぐさまリンドをモデルにした童話にとりかかる。たった二日で書きあげたそれが、『皇帝《こうてい》とナイチンゲール』だった。〈小さな灰色の鳥〉ナイチンゲールは、見かけは〈つまらないふつうの鳥と少しも変わらない〉のに、まるで〈ガラスの鈴《すず》みたいな声〉でうたい、それは〈人の心の奥底《おくそこ》までしみいるほど〉で、聴《き》いている人の目からは〈みるみる涙《なみだ》がうかんで、頰《ほお》をつたい落ちる〉のだった。

芸術の真の力をうたいあげたこの作品に手紙をそえて、アンデルセンはリンドへ送った。こんどは、かなりたってから返事がきた。とはいえ、彼の期待にかなうようなものではなかった。本のお礼と、「あなたの友情に感謝しています」。そして「あなたの妹ジェニー」という、いわば恋人否定宣言《こいびとひていせんげん》のような署名《しょめい》。

アンデルセンはあきらめたろうか。

そんなわけはない。成功のステップをのぼってきた、これまでの不屈《ふくつ》のねばり強さを思いうかべれば、このていどでへこたれる彼でないことはだれにでもわかる。きっとこう思っていただろう。メルヘンの主人公は断じてあきらめない、最後はきっとお姫《ひめ》さまと結ばれる、と——。

第八章　幸せな家庭

ライプツィヒはベルリンの南西およそ一六〇キロ、三つの川に沿った肥沃《ひよく》な土地にあり、古くから交通の要所として、また国際的商都として栄えてきた。世界中の物産があつまってくるが、とくに毛皮、書籍《しょせき》、音楽用品の取引地として知られ、毎年大きな見本市がひらかれる。町なみは美しく、ゆたかな装飾《そうしょく》のバロック建築や豪商《ごうしょう》たちの大邸宅《ていたく》などを見れば、〈小パリ〉と呼ばれる理由もうなずけよう。

さらにここは大学と教会の町でもある。ドイツではハイデルベルク大学に次いで古いライプツィヒ大学は、微積分法《びせきぶんほう》を発見したライプニッツや文豪《ぶんごう》ゲーテを輩出《はいしゅつ》したし、マルティン・ルターが説教をおこなったことで有名な聖トーマス教会は、バッハが音楽監《かん》督《とく》として後半生《こうはんせい》をささげた職場でもあった。

――まことこの文化の町は、フェリックス・メンデルスゾーンが住まうにふさわしい。

アンデルセンはそう思う。散策《さんさく》中の彼は、今しも聖トーマス教会の近くをゆっくり大またで歩いていたが、教会の前のバッハ記念碑《きねんひ》の下で立ちどまり、バッハの頭部のレリーフを見あげた。これはフェリックスが町にはたらきかけ、募金《ぼきん》をあつめて建てたもので、一八三四年春におこなわれた除幕式《じょまくしき》には、バッハの孫も招待されたという。フェリックスが『マタイ受難曲《じゅなんきょく》』を再演しなければ今のバッハ再評価はなく、この碑もなかったのだと思えば、感慨《かんがい》ぶかい。

フェリックスとバッハには、宿縁《しゅくえん》でもあったのだろうか。フェリックスがこのバッハの町へ引きよせられてきたのは、その運命の力によるのだろうか。もともとライプツィヒのゲヴァントハウス楽団に常任《じょうにん》指揮者《しきしゃ》はおらず、ほかのところと同じように、作曲家が自作自演するか、第一ヴァイオリン奏者が演奏しながら指揮もしていた。合唱をふくむ作品のときにかぎって、指揮者がとくべつに招《しょう》へいされていたのだ。だが楽団の理事たちは、時代の新しい流れを敏感《びんかん》にかぎとり、これまでとはちがう専門の指揮者をすえるという思いきった決定をくだし、若き実力者フェリックスに白羽《しらは》の矢をたてた。

当時フェリックスはデュッセルドルフで音楽監督《かんとく》をしており、オーケストラのレベルの低さに我慢《がまん》ならないでいた。その点ライプツィヒなら耳の肥《こ》えた聴衆《ちょうしゅう》がいて、やりがいがありそうだ。彼は一年のうち半年は自由にほかの土地で活動してもよい、との了解《りょうかい》をとりつけ、年俸《ねんぽう》一千ターレルで仕事をひきうけた。人気プリマドンナならこの三倍はもらうのだから、多いとはとても言えない額だったが、莫大《ばくだい》な遺産をうけついでいる彼にとっては、やりがいこそが第一だった。

アンデルセンはこの前からやっかいになっている、フェリックス家の潤沢《じゅんたく》な暮らしぶりを思う。ルルゲンシュタインス・ガルテンにあるその邸《やしき》は、ベルリンの実家とはもちろんくらべものにならないが、それでも数人の召《め》し使いをおき、夫婦と子ども四人（ひとりは早世《そうせい》した）にはじゅうぶんすぎるほどの広さで、とうてい一介《いっかい》の音楽監督《かんとく》が持てるような家ではない。

室内はフェリックスの洗練された趣味《しゅみ》を反映《はんえい》して、美的統一感《びてきとういっかん》とそれでいて居心地《いごこち》のよいあたたかさをそなえている。幾何学模様《きかがくもよう》の上等なじゅうたん、高窓をおおうたっぷりひだをとった絹カーテン、きゃしゃなつくりの飾《かざ》りテーブルには、小箱に入ったオーデコロンのびんや、イタリア彫刻《ちょうこく》、ピアノの上にはベートーヴェンの肖像画《しょうぞうが》などが置かれている。そして壁《かべ》には数多くの絵――本人が描《えが》いたプロなみの風景画や、ルネサンス絵画など――が、美術館のように整然とならべられている。

「おや、この絵はどこかで、たぶんイタリアで見たことがありますよ」

アンデルセンが、縦長《たてなが》の絵をさして言うと、

「ティツィアーノの『聖母被昇天《せいぼひしょうてん》』です。ヴェネツィアのサンタ・マリア・グロリオーサ・デイ・フラーリ聖堂で見て以来気に入って、こうしてミニ・コピーをかざっているのです。マリアの衣装のこの赤！　まったくティツィアーノの色彩《しきさい》のあでやかさといったら、ありませんね」

ふとそのときアンデルセンは、このルネサンス絵画の巨匠《きょしょう》とフェリックスとの共通点に思いあたった。ティツィアーノもまた若くから名声《めいせい》を博し、仕事はひきもきらず、幸せな結婚と莫大《ばくだい》な財産によって人生を楽しんだ。彼の生きた十六世紀には、画家は単なる職人にすぎなかったというのに、神聖ローマ皇帝《こうてい》ですら彼に肖像画を描いてもらいた

くてひざまずいたと言われている。フェリックスもまた社交界にあっては、音楽家というより、音楽の才ある上流紳士《しんし》としてあつかわれている。つまり紳士が、たまたま芸術にたずさわっていると見なされているのであり、アンデルセンのように芸術家だから紳士の仲間に入れてもらえた、というのとは大いにちがう。

——うらやましいことだ。

アンデルセンは社交界での自分が、時としてこっけいに見なされていることを知らないではなかった。ついこの前も朗読中、二、三の男性客がニヤニヤしているのに気づいた。すぐ落ちこむタイプなので、フェリックスから、

「彼らに笑われたといって、それがなんです？　あなたの才能のかけらほどもない輩《やから》じゃありませんか」

となぐさめられても、しばらく気がふさいだ。フェリックスのように神童《しんどう》とほめそやされ、常に周囲の期待にこたえてきた人間は、才能のない者と自己との間にはっきり線を引くのだろうが、アンデルセンはそれほど確固《かっこ》とした優越感《ゆうえつかん》など持てず、だからだれになにを言われてもぴりぴりするのかもしれない。

あれこれ考えながら歩いているうち、フェリックスの本拠地《ほんきょち》ゲヴァントハウスへきていた。この地味な建物はかつての織物市場で、オーケストラがここを定期演奏会場として使うことにしたため、ゲヴァント（織物）ハウス（家）管弦楽団《かんげんがくだん》と呼ばれるようになったのだ。フェリックスはいずれもっと良い建物に移りたいと言っていた。遠からず実現する見とおしだそうだ。

やがてアンデルセンは市庁舎《しちょうしゃ》前広場へ出た。近くにある〈コーヒーバウム〉へ入る。十六世紀なかばに開業した、ライプツィヒ一古いカフェレストランで、バッハもゲーテもシラーもかよったというので、友人たちからぜひ行くようすすめられていた。

歩きつかれてだれとも顔をあわせたくなかったアンデルセンは、店内の奥《おく》、柱のかげにかくれたテーブルへすわり、コーヒーと甘《あま》いザッハトルテを味わった。それからコーヒーをおかわりして新聞を読んでいると、いつのまにか柱の反対側に数人の若い男性客が席を占《し》め、葉巻を吸いながら、がやがや大声でしゃべっている。「メンデルスゾーン氏」という言葉に、アンデルセンの耳は反応した。

「自作以外もすべてスコアを暗譜《あんぷ》して、指揮台《しきだい》に立つんだからすごい」

「しかしどれも演奏のテンポが速すぎるんじゃないか」

「それがメンデルスゾーン流さ。現代的で若々しくて、ぼくはいいと思うね」

昨夜の演奏会の余熱《よねつ》がまだつづいているらしい。フェリックスの『真夏の夜の夢』は熱烈《ねつれつ》に歓迎《かんげい》され、これからも長く人気をたもちつづけるにちがいない。

「詩と音楽の偉大《いだい》なる結合だ。感動した。メンデルスゾーン氏にはドラマのセンスもあるよ。なぜオペラを書かないのかな」

「いずれ書くだろうさ。『真夏の夜の夢』だって、序曲《じょきょく》は十代のときにつくったというよ。天才はちがう」

シェークスピアの同名喜劇をもとにしたこの作品は、プロイセン王フリードリヒ・ヴィルヘルム四世の依頼《いらい》で、十七歳《さい》のとき書いていた〈序曲〉に、〈スケルツォ〉〈夜想曲《やそう》〉〈小鬼《こおに》の行進曲〉〈ベルガマス舞曲《ぶきょく》〉など十二の付随《ふずい》音楽をつけ、最近完成させたものである。いきいきしたわかりやすい主題と古典的な端正《たんせい》さがとけあい、オーベロンやパックといった登場人物たちが、まるで音楽とともに目の前で踊《おど》りだすかのようだ。中でもアンデルセンが気に入ったのは、はなやかで祝祭《しゅくさい》気分にあふれた〈結婚行進曲〉で、もし自分がいつかジェニーと結婚するときがきたなら、ぜひこの行進曲を教会で流したいと思った。

「音楽は悪くないがね、あいかわらず指揮棒《しきぼう》がじゃまだった」

男たちは声高《こわだか》に話しつづける。

「なにを言ってるんだ。古いなあ。指揮棒をあやって振《ふ》るからこそ、いいんじゃないか」

「そうだとも。あのスタイルはきっと流行するよ。棒一本が雄弁《ゆうべん》に語り、オーケストラを意のままにうごかすなんて、ぼくもやってみたい」

「だけど指揮者ばかりあんなに目立つのは、どうも気に入らない。メンデルスゾーン氏は出たがり屋なんじゃないのか」

「誤解だよ。彼は自分の肖像《しょうぞう》を、演奏会のプログラムには載《の》せないようにと、わざわざ指示しているほどなんだから」

「ともかく九年前に彼が音楽監督《かんとく》になって以来、演奏会が楽しみになった」

「ぼくらよりご婦人たちの方が、楽しみにしているんじゃないか。いつだかのコンサートなんて、ぼくはこの目で見たけど、あきれたさわぎだった。メンデルスゾーン氏はヘンデルのオラトリオを指揮《しき》したあと、即興《そっきょう》でピアノ演奏をしたんだが、終わるなり、ご婦人たちが花束をかかえてキャアキャア彼に近づき、いや、近づくというよりは、まさに襲《おそ》いかかるという感じかな。ひとりが彼のポケットからハンカチをぬきとると、あちこちから手が出て、しまいにハンカチはぼろぼろ。みんなその切れはしを宝ものみたいに持ちかえって、ご満悦《まんえつ》なんだから」

「女というのは御《ぎょ》しがたいなあ」

「くやしいが、彼は指揮《しき》のときの身ぶりも目くばせも、実に絵になっているし」

「メンデルスゾーン氏が愛妻家なのを感謝しよう。そして彼の奥《おく》さんが、フランクフルト一と言われたほどの美女なのには、もっと感謝しよう。彼が独身だったら、女性をみんなとられてしまうところだ」

「ふん、独身でなくたって、わからないさ」

「君はどうやら反メンデルスゾーン派らしいね。でも彼はフランツ・リストみたいな女たらしのドン・ファンとはちがう。すごくまじめで家庭的だよ」

「おっ、たいへん、馬車がきたぞ、帰ろう」

彼らはあっというまにいなくなり、まわりは突然《とつぜん》、闇《やみ》におちたように静かになった。

——女性はうわさ好きというけれど、男も負けてはいないな。

アンデルセンは頭をふり、ケーキ皿にのこったクリームを指でなめた。

そうして彼らの話をぼんやり反芻《はんすう》していると、フェリックスの妻セシルの顔がうかんでくる。たしかにすばらしく美しい。初めて紹介《しょうかい》されたときには、アンデルセンも思わず目をみはったものだ。大きな青い目、ラファエロ描《えが》く聖母《せいぼ》マリアに似た卵型の完璧《かんぺき》な顔立ち、つややかな黒髪《くろかみ》。フェリックスが夢中になったのも当然だろう。

ふたりの出会いは偶然《ぐうぜん》だったらしい。病気で指揮《しき》ができなくなった友人にたのまれ、急きょ《きゅう》フランクフルトで代役をつとめたとき紹介されたという。フランス系のセシルは、プロテスタントの牧師《ぼくし》の娘《むすめ》で、未亡人の母とつつましい二人暮らしをしていた。たがいの気持ちが通じあったあとでフェリックスは——いかにも彼らしい慎重《しんちょう》さで——、彼女への思いがほんものかどうかみずからに問うため、わざと一か月もはなれてみたと言っていた。恋《こい》こがれる気持ちをたしかめ、プロポーズにフランクフルトへ走りもどったわけだ。

二十八歳《さい》と二十歳の、麗《うるわ》しいカップルが誕生した。つぎつぎ子どもも生まれ、だれが見ても幸福そのものの家庭がきずかれていった。フェリックス本人も新婚当時、「楽園にいるようだ」と手紙に書いている。姉のファニーははじめこの結婚に反対だったが、やがてセシルのことを「愛らしく、子どもみたいに純真《じゅんしん》で、いつも明るい」とほめるようになった。セシルの明るさが家庭の幸せの基盤《きばん》になっているのはまちがいない。

フェリックスの友人によれば、彼は結婚によってこれまでの緊張《きんちょう》の人生から解放されたのだという。アンデルセンは子ども時代のフェリックスを直接には知らないけれど、しかし彼が結婚七年近くたってもこんなに幸せそうで、妻と子を心から愛し、家庭をたいせつにできるのは、自分もまた両親に深く愛され、強いきずなの家族のもとで育ったからではないかと思う。この居心地《いごこち》よい環境《かんきょう》の中でフェリックスは、『真夏の夜の夢』や交響曲《こうきょうきょく》第三番イ短調（『スコットランド』）などを書き、今はヴァイオリン協奏曲《きょうそうきょく》にとりかかっていた。

――わたしも早く家庭を持ちたいものだ。

アンデルセンの思いはまた、ジェニー・リンドへと引きよせられる。妻にするならジェニー以外は考えられない。セシルのような女性は、たしかに姿かたちは申し分ないし上品でおっとりはしているものの、情熱も精神性も感じられず、きれいなだけの人形みたいな気がする。彼女はフェリックスの芸術に対しても関心がうすく、サロン的な軽いピアノ曲だけを好《この》み、そうした作品をつくってくれるよう、夫にねだっていた。いっしょにいて気は休まるかもしれないが、長く暮らせば物足りなくなるのではないだろうか。

ジェニーは正反対だ。外見はそう人目をひくわけでなく、小さなころから他人の中で育ったため甘《あま》えるのも下手だし、なかなか人になじみにくいが、生きる姿勢はどこまでも真剣《しんけん》で、自己の芸術へのあくなき向上心に燃えている。初めての観客の多くは、ジェニーが登場した瞬間《しゅんかん》こそ軽い失望をおぼえるものの、いったん彼女が声を発し動きだせば、たちまち舞台《ぶたい》へひきこまれ、彼女の魅力《みりょく》のとりこになってしまう。それは声だけでもテクニックだけでもなく、ジェニーというひとりの人間が放つオーラの輝《かがや》きゆえだ。

アンデルセンは、フェリックスにもぜひ彼女を起用してもらいたかった。

「おぼえていますか、フェリックス、前にジェニー・リンドというソプラノ歌手のことをお話ししたのですが」

「ええ、あのナイチンゲールですね。彼女はもうすでにスウェーデンだけのナイチンゲールではありませんね。デンマークでの成功について耳にしましたし、こんどベルリンでマイヤーベーア氏自身が指揮《しき》する『悪魔《あくま》のロベール』に出演するとか」

アンデルセンはうれしそうに顔を輝《かがや》かせ、

「そうなんです。しかもそのどちらにも、わたしが関わったのですよ」

「ほう、それは知りませんでした」

「コペンハーゲンのときは、友人の舞台《ぶたい》関係者といっしょに彼女の宿泊先《しゅくはくさき》まで行って、出演交渉《こうしょう》をしたのです。今回は旅先で、たまたまマイヤーベーア氏にお会いし、リンド嬢《じょう》の演技について質問をうけたのです。以前、彼女のスウェーデン民謡《みんよう》を聴《き》いて感動したけれども、オペラはどうだろうか、とね。そこでわたしは彼女の演技の自然さについて熱弁《ねつべん》をふるい、とうとうマイヤーベーア氏はリンド嬢《じょう》をベルリンへまねくことに決めたのです。もちろんわたしもすぐ彼女に手紙を書き、このことを知らせました。それが縁《えん》でわたしたちは、しばらくとだえていた文通を再開しましたし、近々また会う約束もしたのです。待ちどおしくてなりません」

「なるほど、わかりました」

フェリックスはいたずらっぽい笑《え》みをうかべ、

「リンド嬢《じょう》はあなたの恋人《こいびと》なのですね」

アンデルセンは頰《ほお》を赤くしてうつむき、だが否定はしなかった。それから顔をあげ、

「そういえば彼女はセシルと同じく、牧師館《ぼくしかん》にかかわりあるのです。産みの親ではなく、短い間の養父《ようふ》でしたが、牧師《ぼくし》さんだったそうです」

「……」

「いや、つまり、彼女もセシルと同じく良き母、良き妻になる可能性、大《だい》だと言いたかったのです」

「ああ、そうでしたか」

「ジェニーの声は聖女《せいじょ》の声といいますか、とにかく天上的《てんじょうてき》です。フェリックス、どうか一度聴《き》いてあげてください。彼女はもっともっと有名になれるはずで、それにはこんど

のベルリン・デビューが試金石《しきんせき》になると思うのです」

「わかりました。ベルリンへはたびたび行っていますから、かならずあなたの恋人《こいびと》の歌を聴《き》いてまいりましょう」

アンデルセンは、フェリックスの手をかたくにぎりしめた。

第九章　ひびきあう心

十月のベルリンにしては、ひどく寒い晩だった。

ジェニー・リンドは毛皮のコートの襟《えり》もとを片手でおさえ、もう片方の手で二輪馬車の小窓を少しあけて外をのぞいた。ぼんやりしたガス灯の明かりに、霰《あられ》が狂《くる》おしく舞《ま》うのが見える。

「ジェニー、だいじょうぶ？　ふるえているのね」

となりにすわった付き人のルイーズが、そっと肩《かた》を抱《だ》いてくれる。子どものころから姉代わりにやさしくしてくれて、だれよりも信頼《しんらい》できるパートナーだ。

「この黒いビロードのドレスが、だめだったのだわ。襟がこんなにあいていて。もっとあたたかな服に着がえたいから、ひきかえしてほしいの」

「まあ、なにを言うの。これ以上、時間に遅《おく》れるわけにはゆかないでしょ」

ジェニーは一瞬《いっしゅん》だまりこみ、だがすぐまた、

「どうしてこの馬車はこんなにゆれるのかしら。頭がわれるように痛い。ルイーズ、お願い、とめてもらって」

「我慢《がまん》して。もうすぐ着くわ。おりたら治るから」

「でもきっとパーティでは、みんなタバコを吸っているでしょう。あのけむり、あのにおい。耐《た》えられないわ。もっと頭痛がひどくなる気がする」

「ああ、ジェニー。勇気をだして。だいじょうぶ。ちらっと顔を見せればじゅうぶんよ、すぐ帰れるわ。いつだってそうだったでしょ。心配いらない」

ルイーズはわかっているのだ、ジェニーがこわがっているということを。

パーティは苦手だった。きらびやかなキャンドル、見知らぬ気どった人たち、値《ね》ぶみするような視線、各国語のいりまじる会話。口下手《くちべた》なジェニーはなにをしゃべっていいかわからなくなり、場ちがいなところへ迷いこんだ子猫《こねこ》みたいに、身体がこわばってし

まう。舞台《ぶたい》の上なら、役になりきればいいのだから楽だが、なまの自分には自信がない。田舎者《いなかもの》意識がぬけないし、美しくないのは知っている。貴族的な立《た》ち居《い》ふるまいもできないし、高等教育を受けていないので、気のきいた知的な会話などとても無理だ。

けれどルイーズの言うとおり、逃《に》げるわけにはゆかない。マイヤーベーアのオペラ公演に主演するという契約《けいやく》をかわしたジェニーは、まだドイツではあまり知名度《ちめいど》がないので、できるかぎりいろんな場所へ顔を出して名前を売っておかなければならない。招待をうけることも、オペラを成功させるための重要な仕事のひとつなのだ。

「でもドイツ語が話せないし……」

「フランス語ができるんだから、だいじょうぶ。先日のベルリン宮廷《きゅうてい》でのパーティだって、心配することはなにもなかったじゃない」

「あのときはマイヤーベーア氏が、わたしをなにかと支えてくださったんですもの。今日もいっしょなら、心強かったのに……」

今回のパーティ主催者《しゅさいしゃ》は、彫刻家《ちょうこくか》ウィッチマン教授である。ジェニーがこれまでにもまして神経質になっていたのは、客の多くがいろんな意味でうるさい芸術家たちというばかりでなく、反マイヤーベーア派の急先鋒《きゅうせんぽう》ともいうべきローベルト・シューマンが出席すると聞いているからだ。彼は自分が発行する『音楽新報《しんぽう》』で、マイヤーベーア作品を痛烈《つうれつ》にこきおろしていた。そんな相手と同席するのをいやがったマイヤーベーアが欠席したので、ジェニーにしてみれば、まるでひとり敵陣《てきじん》へ乗りこむ気分なのだった。

もうひとつ気がかりがある。シューマンと仲の良いフェリックス・メンデルスゾーンもくるという。彼については、ゲヴァントハウスの名前を高めたこと、その指揮《しき》ぶり、ライプツィヒに音楽院を設立し、作曲法やピアノを教えていることなど、いろいろ耳にしていた。数々の名曲は、すでにスウェーデンで聴《き》いてもいた。だがなによりジェニーがメンデルスゾーンという名前を心にとめていたのは、彼が大富豪《ふごう》なのにもかかわらず弱い人々への思いやりにあふれ、援助《えんじょ》をおしまないからだ。オーケストラ団員の給料アップに奔走《ほんそう》したり、自分の子どもが生まれるたびに、めぐまれない貧しい産婦《さんぷ》たちへ送金していたというし、一昨年のハンブルク大火災には、二回も慈善《じぜん》コンサートをひらいて収益金《しゅうえききん》を寄付している。

ところがこのメンデルスゾーンもまたマイヤーベーアをみとめず、「鼻歌のようなアリアばかりだ」と切って捨てているらしい。これからマイヤーベーアのオペラに出演するジェニーは、尊敬するメンデルスゾーンに皮肉でも言われたらどうしようと、せっかくの初顔合わせというのに、気が重いのだった。

「着いたわ。ジェニー、さあ、おりましょう」

「ルイーズ、わたし、笑われるのではないかしら」

「なんてことを。笑うどころか、みんな、あなたの前にひれふすわ。とにかく早めに短い歌を二、三曲うたってしまうこと。そうすればおちつくし、すぐ帰っても言い訳はたつから」

ジェニーはルイーズに引っぱられるように馬車をおりた。執事《しつじ》が邸《やしき》のドアをあけて待ちかまえている。ジェニーは遅《おく》れてきたことを、無表情の相手にしどろもどろにあやまった。通常は、招待側の夫婦がホールの入り口付近に立って客をむかえるものだが、もうそれも終わり、みんな中で歓談《かんだん》しているようだ。それほどの遅刻《ちこく》だった。

執事に案内され、ジェニーとルイーズは目立たないようそっとホールへ入った。だれかがスピーチしているらしく、全員うしろを向いているのが幸いである。気づかれないよう、円柱のかげへまわると、どっと笑い声がはじけたのでどきりとするが、それは話し手がなにかジョークを言ったかららしい。気をしずめてやっと、やわらかいけれどよくとおる男性の声が耳に入ってきた。

「……というわけで、この『ヴァイオリン協奏曲ホ短調《きょうそうきょく》』の完成には六年もかかってしまいました。ここにいる友人フェエルディナンド・ダヴィッド氏が、演奏者としての立場から、大いに有益《ゆうえき》なる助言をさずけてくれたことに対し、この場をかりて感謝の意を述べるしだいです」

拍手《はくしゅ》がおこった。ジェニーは前の方へ移動したが、あいかわらず話し手の顔は見えない。ただしそれがメンデルスゾーンらしいとは、見当がついた。

「正式な初演は来春ライプツィヒでおこなう予定ですが、今夜はウィッチマン教授夫人の脅迫《きょうはく》で、いや失礼、おすすめで（ここでまた笑いがおこった）、第一楽章《がくしょう》だけ、それもオーケストラ部分はわたしのつたないピアノ伴奏《ばんそう》ですけれど、わがゲヴァントハウスが誇《ほこ》るコンサートマスター、ダヴィッド氏の名演奏で、初のお披露目《ひろめ》をさせていただきたいと思います」

盛大《せいだい》な拍手《はくしゅ》。あちこちで衣《きぬ》ずれの音がして、女性たちが壁《かべ》ぎわの椅子《いす》にすわりはじめた。ひとしきり咳《せき》ばらいがおこり、そのあと急に静まりかえる。

演奏がはじまってすぐジェニーには、これが後世にのこる大傑作《けっさく》とわかった。これまでのヴァイオリン協奏曲《きょうそうきょく》は、長くはなやかな管弦楽《かんげんがく》の序奏《じょそう》があってから、悠然《ゆうぜん》とヴァイオリンがひびきわたるのが常だったが、これはきわめて短い序奏に、ヴァイオリンの主《しゅ》旋律《せんりつ》が速いテンポでかぶさるのがまず斬新《ざんしん》だった。しかもそのヴァイオリンの、華麗《かれい》な装飾《そうしょく》らせんともいうべき、音の渦《うず》。情熱的でありながら、ふくいくたる香《かお》りを放つゆたかさ。一度聴《き》いたらけっして忘れられない、うたうような命あふれるメロディ……。

ベートーヴェンの『ヴァイオリン協奏曲ニ長調』が男性的明快さを特徴《とくちょう》とするなら、こちらは女性の曲線美を思いおこさせる。なんとしなやかで情感にみちているのだろう。「魂《たましい》をうばわれる」という言葉があるが、実際あまりのすばらしさに、身体から力がぬけてしまう。ジェニーは柱に両手をそえて、ようやく立っている状態だった。なぜか涙《なみだ》があふれてきた。

いつ終わったのだろう。ホール中が息をひそめていた。ずいぶんたってから、我《われ》にかえったというような拍手《はくしゅ》がおこり、やがてためいきと「ブラボー」のかけ声とともに、すわっていた人々もみな立ちあがり、熱のこもった拍手が長くいつまでもつづいた。「なんてロマンティックな曲でしょう」「もう一度聴《き》きたいな」という心からの賞讃《しょうさん》の声が、部屋のあちこちから聞こえてくる。

ジェニーも痛くなるほど手をたたきながら、いつしか人をかきわけて前へ進んでいた。ようやく、ピアノの前に立って会釈《えしゃく》するメンデルスゾーンのすがたが見えた。想像していたよりほっそりして、一分《いちぶ》のすきもないファッションに身をかためている。ふさふさしたやわらかな髪《かみ》の毛、秀《ひい》でたひたい、目には強い力があり、気品ある繊細《せんさい》な顔立ち、まさにこの人でなければ今のヴァイオリン協奏曲《きょうそうきょく》は書けないだろう、というほど洗練されている。ジェニーはふいに自分がみすぼらしく感じられ、あわててまた柱のかげへまわろうとした。

「おや、リンドさん、いらしてくださってたのね、さあ、こちらへ」

ウィッチマン夫人だった。彼女はジェニーに有無《うむ》を言わせず、背をおしてピアノのところへつれてゆく。

「フェリックス、あなたがお探しのナイチンゲール嬢《じょう》が見えましたよ」

部屋中の視線があつまり、ジェニーは真っ赤になってうつむいた。相手とは目をあわせられなかったが、すっと手がのびてきてあたたかな握手《あくしゅ》になった。

「やあ、はじめまして、ジェニー・リンドさん。メンデルスゾーンです。フェリックスとお呼びください。あなたのおうわさは、ハンス・アンデルセン氏からさんざん聞かされていたので、初対面の気がしません」

「……どうも」

「アンデルセン氏はあなたのためなら、たとえ火の中も辞《じ》さない勢いでしたよ。かならず歌声を聴《き》いてくるようにと、何度も念押《ねんお》しされました。さあ、ぜひ天使の声を聴かせてください」

すぐにもピアノを弾《ひ》きかねないので、ジェニーはあわてて、

「今はとても無理ですわ、あの……あまりにもすばらしい、いいえ、とてもそんな月並《つきな》みな言い方ではあらわせないほどの音楽を聴いたばかりで、どうしてほかの歌などうたえましょう。あの美しさ……この世のものとも思えない美しさ……ヴァイオリンの魅力《みりょく》

のすべてが、あますところなくつまったあの音楽……どうかもう少し、その余韻《よいん》にひたらせてください」

そう言ううちジェニーの目には、また涙《なみだ》があふれてきた。メンデルスゾーンの表情に、おどろきが走り、まるで今はじめてジェニーの存在に気づいたとでもいうように、じっとその目をのぞきこむ。ジェニーはまたうつむいた。

だがそのとき、会話がとぎれるのを待ちうけていた人々が割ってきた。メンデルスゾーンには女性たちがむらがり、ジェニーはウィッチマン夫人につれられて、おおぜいの人に紹介《しょうかい》されてまわることになった。画家、作家、音楽家、評論家、大学教授、ジャーナリスト。つぎつぎ握手《あくしゅ》してあいさつをかわしながら、ジェニーはだれがだれなのか、自分がなにをしゃべっているのか、夢の中のように現実感がなかった。

パーティはたけなわとなり、ついにはジェニーも二曲のスウェーデン民謡《みんよう》をうたって喝采《かっさい》をあびたが、一度ひきはなされたメンデルスゾーンとは話すチャンスがつかめない。人の波の中で、おたがい常にだれかに話しかけられ、ひきとめられ、一、二度遠くから目を見かわしはしたものの、近づくひまもなかった。

そのうちメンデルスゾーンのすがたが見えなくなったのに、ジェニーは気づいた。みっともないとは思いつつ、目をさまよわせつづけたが、どこにもいない。だまって帰ってしまったのかもしれない。そういえば、どことなく疲《つか》れたようすではあった。

——もうわたしなんぞには、関心をなくしてしまったのだわ。

なぜかひどくつらい気持ちになり、それとともに猛烈《もうれつ》な頭痛がおそってきた。さして広くもない部屋なのに、こんなにおおぜいの客でこみあい、暖房《だんぼう》がききすぎて息苦しいほどだ。よく今まで我慢《がまん》できたものだと思ったとたん、立っていることすら不可能に思えてくる。たまたまそばにだれもいなくなったのを見すまし、ジェニーは急いで廊下《ろうか》へ出た。

階段ホールの奥《おく》の小窓がひらいているらしく、ひんやりした空気と淡《あわ》い月の光が流れてくる。それにさそわれて近づくと、窓ぎわのベンチに頭を両手でかかえてすわっている人影《ひとかげ》に気づく。はっと足をとめる。相手もこちらに気づき、立ちあがる。

「ジェニー！」

メンデルスゾーンだった。思わず口をついて出たのは、

「頭痛ですか」

「ええ。しかしどうしてこの痛みを、頭痛だなんて簡単《かんたん》な名前で呼ぶのでしょうね。あらゆる血管が脈動《みゃくどう》して、ぼくの身体を八《や》つ裂《ざ》きにしようとしているのに」

「のこぎりのギザギザを当てられるみたいですものね」

「じゃあ、あなたも仲間なんだ。いつから？」

「二十歳《さい》をすぎたころでしょうか」

「同じだ。頭痛発症年齢《はつしょうねんれい》というのがあるのかな」

彼はほほ笑み、目で椅子《いす》に彼女をみちびいた。ふたりはならんで腰《こし》かける。

「妙《みょう》だな。少し痛みがうすらいできましたよ。実はさっき、あなたのやさしい歌声を聴《き》いたときも、痛みを忘れたんです」

「まあ、わたしもそうでした。ここへくるまでの馬車の中では耐《た》えきれない痛みでしたのに、ヴァイオリン協奏曲《きょうそうきょく》を聴いたとたん、嘘《うそ》のように消えてしまいました。あの音楽は……いえ、とても言葉ではあらわせません」

「ジェニー、ぼくはうれしかった、あなたが涙《なみだ》してくださって。あの涙がどれほど純粋《じゅんすい》なものか、ぼくにはよくわかったからです。あれこそぼくの芸術に対する勲章《くんしょう》です」

「勲章だなんて、そんな……」

身体の奥底《おくそこ》からあたたかな幸福感がわきおこるのをおぼえ、ジェニーはこのひとときが永遠につづいてくれますようにと、ひそかに祈《いの》った。

「それはともかく、あなたの歌。天上的《てんじょうてき》でした。いや、これはヴァイオリン協奏曲《きょうそうきょく》をほめていただいた、お礼で言うのではありませんよ。あなたの恋人《こいびと》から、聞いていた以上にすばらしい声と表現力で」

「わたしの恋人ですって？」

「アンデルセン氏ですよ。彼は……」

ジェニーは強い調子でさえぎり、

「誤解ですわ。とんでもない誤解ですわ。あの方にはたいへんお世話になりましたし、書かれたお話も大好きですけど、でもそれだけですわ。お兄さまのように思っているだけです。恋人だなんて、これまでも、これからも、けっしてありえません」

あまりに激しく否定したことに、ジェニーはかえって恥《は》ずかしくなってしまう。だが少なからぬプリマドンナたちが、良い役を得るため、またぜいたくに暮らすため、金持ちのパトロンを恋人《こいびと》にするこの時代、自分もそのひとりだなどと、絶対思われたくなかった、ましてメンデルスゾーンには。

「これは失礼しました。ぼくはてっきり……いや、あなたのような女性に勝手な憶測《おくそく》で、ひどい言いようをしてあやまります。どうぞお許しください」

「おっしゃっていただいて、かえってよかったですわ。誤解されたままの方が、つらいですもの」

「さあ、せっかくこうしてお会いできたんですから、デンマークの作家のことはもう忘れましょう。あなたのベルリン・デビューについて話すのは、いかがです？　マイヤーベーア作品はお好きですか？」

「わたしは……あたえられた役をうたうだけですわ」

「ふむ。今はそれもいいでしょう。『悪魔《あくま》のロベール』は芸術性も精神性も皆無《かいむ》だが、幽霊《ゆうれい》の出現だのバレエだのと仕かけの派手さで、絶大《ぜつだい》な人気がある。あなたの実力をヨーロッパ中に知らしめるには、良いチャンスかもしれません。しかしいいですか、いったん名前が確立したら、ジェニー、あなたはほんものの作品にだけ出るようにしなければいけませんよ」

「はい」

彼の忠告《ちゆうこく》は、心にしみいるものだった。

「さっき歌を聴《き》いて思いましたが、あなたの声はきわめて繊細《せんさい》でリリカルなので、オペラではどうしても役柄《やくがら》が限定されてしまいますね。本来は、オラトリオとかリートのようなコンサートに向いているのでしょう。オペラはやめなさいという意味ではなく、若いうちは舞台《ぶたい》に立って多くのものを吸収し、いずれコンサート歌手へ移行してゆくのが自然かもしれない。その方が息長く活躍《かつやく》できるはずです」

「わたしもそう思っていました。先生、お願いです、わたしのためにオペラかオラトリオを書いてください」

「いやです」

「え……」

「あなたがぼくを『先生』じゃなく、『フェリックス』と呼ぶまでは、書くつもりはありませんね」

まじめくさって言うので、ジェニーはふきだしてしまった。

「ではフェリックス、どうかわたしのために、なにか作曲していただけますか」

「もちろん、喜んで」

ふたりはすっかりうちとけて、これまでの自分たちの活動や、音楽芸術のありかたについて語らってあきなかった。ふだんのジェニーなら、両親や生い立ちへの引け目があり、他人にはどこかかまえてしまうのに、メンデルスゾーンに対しては自分をすなおに出すことができた。彼が対等の芸術家として接してくれるのも、大きな喜びである。

指揮棒《しきぼう》についての話がおよんだときフェリックスは、ルイ十四世に仕えた作曲家リュリが、オーケストラにリズムを指示するため長いつえのような棒で床《ゆか》をたたいていて、まちがって足指をくだいてしまい、その傷がもとで亡くなったエピソードを教えてくれた。

「だからぼくの指揮棒は、ずっと短いのです」

こうしたさりげないユーモアも心地《ここち》よい。

ゲーテにも話がおよんだ。メンデルスゾーンはグランドツアーの際、ゲーテの『イタリア紀行《きこう》』をガイド本としてたずさえていったこと、『ファウスト第一部』はほとんど暗記していること、最近また自伝『詩と真実』を読みなおし、以前はわからなかった良さを再発見したことなどを語ったが、ジェニーは、ゲーテが神を信じていないところがあまり好きではない、と正直に答えてメンデルスゾーンをおどろかせ、同時に面白がらせた。

外国ではイギリスがいちばん気に入っている、と彼は言う。

「ぼくの作品をいちばん理解してくれるように思うのです」

そういえばジェニーは、彼がバッキンガム宮殿《きゅうでん》でヴィクトリア女王夫妻を前に演奏したことや、交響曲《こうきょうきょく》『スコットランド』を女王に献呈《けんてい》したこと、またロンドンから〈メンデルスゾーン号〉と命名《めいめい》された汽車が走った記事を、新聞で読んだのを思いだした。

「わたしもイギリスでうたえるでしょうか」

「大歓迎《かんげい》されますよ。いつかいっしょにロンドンでコンサートをひらきましょう」

「ほんとですか？　ほんとにごいっしょできますの？　ああ、夢のようだわ！　いつ行けるでしょう？」

「たぶん一、二年のうちには。でもその前にまず、ライプツィヒでうたってほしいな」

「こちらこそ、うたわせていただけるなら、どんなに光栄でしょう」

「よかった。これで心おきなく、フランクフルトで休養をとれます」

「休養？」

「このところ、ゲヴァントハウスと音楽院での仕事、それにベルリンのプロイセン王からの依頼《いらい》で、休むひまもなく働きづめだったのです。ひと月ほど自然の中でのんびりしようと思って」

たしかに顔色はすぐれないのだ。蒼《あお》い月の光のせいばかりではないのだろう。ジェニーは心配をふりきるように、

「きっとひと休みしたら、回復しますわ。お若いのですもの。来年はお元気にニューヨークへいらっしゃれるはず」

「ニューヨーク？　ああ、ウィッチマン夫人からお聞きになったのですね。いいえ、ニューヨーク招《しょう》へいの件はもうことわりました。長い船旅にはとても身体がもちません。ジェニー、あなたこそぼくより十歳《さい》もお若いのだから、ぼくの代わりにいつかかならず

新大陸へ行ってきてください」

その言い方になぜか不吉《ふきつ》なものを感じて、ジェニーが反論しようとしたとき、ホールのドアがあいて、ウィッチマン夫人とルイーズがかけよってきた。

「ジェニー、こんなところにいたの？　心配したわ。寒くない？　のどをやられてはいけないわ、さ、お部屋へもどりましょう」

今はじめてジェニーは、ルイーズのおせっかいをわずらわしく感じた。夫人の方はメンデルスゾーンを責めている。

「主賓《しゅひん》がすがたをくらましては、わたくしの立つ瀬《せ》がないじゃございませんか」

彼は、やれやれと言いたげな視線をジェニーになげ、夫人とつれだってもどってゆく。ふたりのあとをだいぶ遅《おく》れて歩きながら、ルイーズはささやく、

「ジェニー、頭痛はなおったの」

「ええ、すっかり」

「今夜は早く帰りたいと言っていたのに」

「パーティが終わるまでいるつもりよ」

ルイーズはメンデルスゾーンのうしろすがたとジェニーの顔を交互《こうご》に見やり、

「まさか、あなた……」

「ルイーズ、わたし、こんな気持ちになったのは生まれてはじめて――」

ジェニーはルイーズが眉《まゆ》をひそめ、なにか言いかけながら言葉をのみこんだのがわかった。メンデルスゾーン氏は妻帯者《さいたいしゃ》ですよ、そう彼女は忠告《ちゅうこく》したかったのではないだろうか。

第十章　「お兄さま」

「すばらしい女性です。これから幾世紀《いくせいき》をとおして、彼女のような女性はふたりと出てこないでしょう」

メンデルスゾーンはアンデルセンにあてた手紙で、ジェニーをこう評した。

――やはり自分の目はまちがいなかった。

手紙を読んだアンデルセンは、メンデルスゾーンに応援《おうえん》してもらっていると感じ、勇気りんりん、ベルリンへ発《た》った。ホテルへ着くなり彼女へ連絡《れんらく》して、オペラ初日のチケットをつごうしていただきたいとたのむ。あいかわらずの猪突猛進《ちょとつもうしん》と甘《あま》え。

だがジェニー・リンドの十二月公演は大評判を呼んでプレミアがつき、本人さえすでにチケットが自由にならなくなっていた。彼女は、「手をつくしてみるけれど無理かもしれません」と、返事をよこした。それでもアンデルセンは、かならずくるものと信じきって待ちつづけた。とうとう開演まぎわになり、あわてて劇場へかけつけたもののやはり売り切れで、しかたがなく狭《せま》い立見席《たちみせき》で見るはめになり、ひどく腹を立てた。

翌々日、アンデルセンはジェニーのホテルへ馬車をとばし、ボーイから「リンドさまはどなたにもお会いになりません」とことわられたにもかかわらず、「わたしとなら会うはずだから、名前を伝えてくれるように」と強引《ごういん》に呼びだし、短い時間ながらソファに腰《こし》かけて話ができた。彼はこの日の日記に、「彼女はコペンハーゲンのころよりずっと洗練されてきた」とだけ書いている。

さらに二日後の公演日、こんどこそとどくはずのチケットがまたも遅《おく》れて、彼はいらついた。ぎりぎりになってとどき、「いや、いや、彼女はまだわたしを忘れてはいない！」と有頂天《うちょうてん》になる。

そしてクリスマスがきた。アンデルセンは当然イブをいっしょにすごせるものとひとり決めしていたので、ジェニーからなんの誘《さそ》いもないことに傷ついた。「彼女のためにベルリンへきたわたしをないがしろにするなんて、いったいなにを考えているのだろう」「もう彼女なんか愛していない」とまで書き記している。もちろんそれは、みじめな気持ちの裏返しでしかない。

このときジェニーはまたウィッチマン教授宅でのクリスマスパーティに出て、メンデルスゾーンと楽しい再会を果たしていた。デンマークの作家のことなど、彼女の頭からはまったく消えていただろう。そうと知らないアンデルセンは、翌朝すぐ恨《うら》みのこもる手紙をとどけた。ジェニーから、「あなたは宮廷《きゅうてい》ですごされるのだとばかり思っていました」と返事がくると、またまた機嫌《きげん》をなおして会いにゆき、オーデコロンと石鹸《せっけん》のプレゼントをもらって単純に喜んでいる。

二年前とまったく同じ、アンデルセンのひとり相撲《ずもう》がはじまった。公演中で練習もあり、体調をととのえねばならないジェニーの立場をまったく考えず、彼は毎日、かりたてられるように会いに出かけた。その熱意に負けたのか、彼女はイブのおわびだといって、年末の三十一日にホテルの自分の部屋へ夕食に招待してくれた。はりきったアンデルセンは、理髪店《りはつてん》でいつもより念入りに髪《かみ》をととのえ、メンデルスゾーンが着ていたような短めのチョッキをあつらえ、黒いシルクハットも買いかえた。

もとよりアンデルセンはおしゃれである。昔から人形の服はぜんぶ自分で縫《ぬ》っていたが、そのために洋服店をまわっては、きれいな布切れをあつめたものだ。その女性的な感性は、しかし彼の外見とあまり見合ってはいなかったし、切《せつ》ないことに、いくら着飾《きかざ》っても、猫背《ねこぜ》ののっそりしたすがたは優雅《ゆうが》とほど遠かった。

約束の時間に行くと、ジェニーはわざわざクリスマスツリーに明かりをともしてくれていて、そのうえアンデルセンだけのために一曲うたってくれた。これでふたりきりなら、どんなによかったろう。だが最初から最後まで、まるで監視役《かんしやく》のように付き人のルイーズが同席していた。

なごやかな会食がすすみ、ジェニーの好きな話題——芸術と神について——が語られながら、デザートのアイスクリームを食べているとき。ふいにピアノをたたいたような大きな音が聞こえ、「なんでしょう！」と三人はとびあがった。室内のピアノを調べてみたところ、ヴァイブレーションの気配《けはい》はなかったので、ここから発した音ではない。

「キーはなんでした？」

アンデルセンにこう聞かれたジェニーが、「C音でしたけど」と答えると、

「たいへんだ、コリン氏のアルファベットだ！」

アンデルセンは女のような悲鳴をあげた。

「どういうことですの？」

「コリン氏が亡くなった知らせです。彼は重い病気だったんです。わたしはいつも、愛する人が亡くなるときには知りたい、でも幽霊《ゆうれい》を見るのはこわいから、音だけで知らせてもらいたい、そう願ってきました。それで今、知らせがきたにちがいありません。コリン氏は父ともいうべき大恩人でした。ああ、その人が亡くなったなんて……」

ジェニーもおびえたように立ちすくむ。

ルイーズが、「まだそうと決まったわけでもありませんし、おちついてください」となだめたが、アンデルセンの目からはみるみる涙《なみだ》があふれだす。真偽《しんぎ》をたしかめるには、何日もかかる手紙の往復しかない。おだやかだったその場の雰囲気《ふんいき》が、いっぺんに不吉《ふきつ》なものへと暗転《あんてん》した。

——実際にはヨーナス・コリンは、この先十年以上も長生きしている。さっきの音

がなんであれ、超常現象《ちょうじょうげんしょう》でなかったことだけはたしかだった。あとでコリンの身になにもおこっていなかったとわかったとき、ジェニーもルイーズも相当しらけた気分になり、アンデルセンの狼狽《ろうばい》ぶりを思いだして、みっともないと感じたものだった。

それはともかく今のふたりは、すすり泣くアンデルセンを必死になぐさめ、どうにかおちついたところで、ふたたび食卓《しょくたく》についた。彼女たちはこのあと、イギリス大使の大みそかパーティへ出席する約束だったので、そろそろ切りあげなければならない。ジェニーはグラスを持ちあげ、

「ではもう一度乾杯《かんぱい》しましょう。わたしのお兄さまのために！」

この言葉でアンデルセンは、いっそう落ちこんでしまった。これでは二年前のくりかえしだ。彼はあのときの情けなさを思いだす。

コペンハーゲン公演を大成功させたジェニーが、母国スウェーデンへ帰る前夜のことだった。彼女は関係者を招待し、お別れパーティをひらいた。そして最後にひとりひとりにプレゼントをわたしたのだが、バレエ監督《かんとく》には〈第二の故郷デンマークでの、お父さまともいうべきご厚情《こうじょう》に感謝して〉と彫《ほ》った銀杯《ぎんぱい》を贈《おく》った。監督はお礼に立ち、

「これからはデンマーク人はみんな、ジェニー・リンド嬢《じょう》ときょうだいになるため、わたしの子どもになりたがることでしょう」

と冗談《じょうだん》を言って笑わせた。するとジェニーが、

「それではあまりに多すぎますわ。ですからみなさまがたの中で、ひとりだけえらんで、わたしのきょうだいになっていただきましょう」

アンデルセンに近づき、

「アンデルセンさま、どうかわたしのお兄さまになってください」

そしてなみなみとついだシャンペンで、ふたりは兄妹のきずなを結んだのだった、みんなの拍手《はくしゅ》につつまれて。

——やっぱりまだわたしはあのときと変わらず、彼女の兄でしかないのか……

アンデルセンは落胆《らくたん》し、ジェニーのもとを辞《じ》した。

なのに彼の楽観主義は不死《ふし》であった。数日後にはたちまち希望となってよみがえり、新しい年があけてまもなく、懲《こ》りもせず彼女をおとずれている。ちょうど次のヴァイマル公演準備でいそがしい彼女にとっては、はっきりと迷惑《めいわく》だったらしく、「ジェニーは

いらいらしていた」と、日記に書かざるをえなかった。それでも彼は、

「じゃあ、先にヴァイマルへ行って待っています」

と言うなり、ほんとうにひと足先にその町で待った。

牛のごときこの粘《ねば》りは、彼を現在の地位へおしあげるのには絶大な力となったが、愛する人に対しては逆効果《ぎゃくこうか》でしかなかった。ジェニーはメンデルスゾーンとアンデルセンをくらべたであろう。けっして外見の良《よ》し悪《あ》しだけが、その基準になったわけではない。たとえアンデルセンが目をみはるほどの美青年だったとしても、際限《さいげん》なく甘《あま》えて自分をおしつけてくる無頓着《むとんちゃく》さには疲《つか》れてしまう。彼にはメンデルスゾーンの半分の繊細《せんさい》さもない、そう思えたのだった。

アンデルセンはジェニーのそんな気持ちに気づかず、やり方を変えなかった。三週間後に彼女がヴァイマルへ着くと、さっそく会いに出かけた。毎日会うのが当然と考えていた。コンサートはかならず聴《き》きにゆき、町の観光スポット――ゲーテやシラーが埋葬《まいそう》されている王室墓所《おうしつぼしょ》など――へつれてまわった。人目につくところをいつもいっしょにいたので、高名《こうめい》な芸術家同士の結婚が近いのではないか、とのうわさが流れ、それを聞

いて内心喜んだ。

ある日、ジェニーは頭痛だったのに、アンデルセンに公園への散歩へ無理につれだされた。いらだたしさのせいだったのか、それとも恋《こい》する相手について語りたいとの欲求《よっきゅう》に抗《こう》しきれなかったのか、彼女はメンデルスゾーンのことばかり話した。スウェーデンをはなれてドイツに住みたい、とも言った。アンデルセンは日記に、「ジェニーはメンデルスゾーン・バルトルディをとても好《す》いている」と書いた。ようやくなにかを感じたのだ。三日後、友人から失恋《しつれん》した話を聞かされたアンデルセンは、わが身を思って泣きだし、「わたしは病気だ」と記している。

ついにまた別れがきた。ジェニーはあっさり「またいつお会いできますことやら。でもわたしたちの友情が、終生《しゅうせい》、変わらないことを願っていますわ」と言ったきり、ライプツィヒへ去っていった、そこでメンデルスゾーンと共演するために。

さすがのアンデルセンも、また先まわりして待つのははばかられ、しばらくヴァイマルをはなれることができなかった。メンデルスゾーンにジェニーを推薦《すいせん》したのは自分である。彼が女性に人気なのは知っていたが、ジェニーをも魅了《みりょう》するとは想像していなかった。富豪《ふごう》の息子で、教養ある多才《たさい》な紳士《しんし》として育った彼と、孤児《こじ》同然の境遇《きょうぐう》から苦労してはい上がってきた彼女とでは、心がひびきあうはずがないと思っていた。たしかにふたりには音楽という共通の芸術があり、禁欲的《きんよくてき》な精神も似てはいるが、彼女をまことに理解できるのは自分をおいてないと、アンデルセンはいまだ自負《じふ》している。

とはいえメンデルスゾーンについて語るジェニーの態度は、まぎれもなく恋《こい》する人のそれだった。恋している身にはよくわかる。ジェニーはまちがった相手に目を向けていた。もしやフェリックスの方も……アンデルセンはしだいに焦《あせ》りを感じ、二月、ジェニーがもういないのはわかっていたが、ライプツィヒをおとずれた、ライプツィヒの、メンデルスゾーン家を。フェリックスに会って、たしかめずにはいられなかった。

そのフェリックスは以前と変わらず、両手をひろげてむかえてくれた。セシルがずっと同席していたので、ジェニーの話はできなかった。けれどアンデルセンは書いている。

「フェリックスの叡智《えいち》あふれる瞳《ひとみ》は、わたしの心を見ぬくようだった」

いっぽうでアンデルセンは、フェリックスの家庭がいかに幸せかということも、あらためて確認した。典型的《てんけいてき》な家庭婦人ともいうべき、やさしく美しい夫人、天使のような子どもたちに目をほそめる良き父、フェリックス。

——だめだ、とてもこの強いきずなに、ジェニーが割って入ることなどできない。彼女の恋心《こいごころ》がいかに強くても、また、たとえフェリックスがなにを思っていたとしても、この幸せな家族はけっしてくずれないし、くずれてはならない。

アンデルセンはジェニーのために良かったと思うべきなのか、かわいそうにと思うべきなのか、自分でもわからなくなる。

「あなたの童話には、ひんぱんにコウノトリが出てきますね」

フェリックスは屈託《くったく》なく、話題をあちこち変えた。

「そういえばそうかもしれません。幸せをはこぶ鳥なので、気に入っているのです」

「こんどコウノトリの詩を書いてください。わたしが音楽をつけますから」

アンデルセンはそれには答えず、

「フェリックス、あなたの家にはなんどもコウノトリがやってきているようで、ほんとにうらやましい。わたしときたら、どうやら一生、家庭の喜びというものには縁《えん》がなさそうです」

こんどはフェリックスがだまった。アンデルセンは感傷的《かんしょうてき》になりながら、

「またイタリアへ行こうと思うのです。ローマ、ナポリ、カプリ島……そのあとマルセイユからスイスをまわってこようと」

「ああ、それはいいですね。今のわたしにはとてもそんな体力がないので、それこそうらやましい」

実際、かなり疲《つか》れたようすだ。自分のことでいっぱいだったアンデルセンは、あらためてフェリックスの顔色を見なおし、今さらながらおどろいた。そういえば先日も、フェリックスの昔からの友人デフリーントがこんなことを言っていた。

「あんなに生気《せいき》あふれていたフェリックスの明るさが、いまや現世《げんせ》の疲労《ひろう》にとって代わられてしまっている」

その理由のひとつとしてデフリーントは、なおもつづいているベルリンとの不幸な対立をあげていた。フェリックスはかつてジングアカデミーの選挙で敗れ、追われるごとくベルリンを去ったのだが、フリードリヒ・ヴィルヘルム四世がプロイセン王になってから、不本意《ふほんい》ながらまたこの都市との関わりが生まれてしまった。というのも〈玉座《ぎょくざ》の

ロマン主義者〉とあだ名されるヴィルヘルム四世は、芸術文化を市民に根づかせることを政策《せいさく》にかかげ、多くの芸術家を宮廷《きゅうてい》にあつめたのだが、音楽家としてはなんとしてもメンデルスゾーンにきてもらい、音楽アカデミーを創設《そうせつ》してほしかった。これまでどおりライプツィヒでの活動をつづけてもいいし、年収も三倍だすからと懇願《こんがん》し、ついにフェリックスに承諾《しょうだく》させたのである。

ところが王の意欲と、ベルリン音楽界の思惑《おもわく》はかならずしも一致《いっち》していなかった。オーケストラの団員はユダヤ人指揮者《しきしゃ》の指示にはしたがいたがらず、聴衆《ちょうしゅう》も好意をしめしてくれなかった。そんなことから王の芸術改革は遅々《ちち》として進まず、メンデルスゾーンは中途《ちゅうと》はんぱな権限《けんげん》しかあたえられないまま、宮廷への陳情《ちんじょう》やら楽団との戦いにあけくれるという、実に無益《むえき》な三年間をついやしたあげく、最近、辞任したばかりだった。この間の成果といえば、王の依頼《いらい》で『真夏の夜の夢』全曲を完成させ、ポツダム宮殿《きゅうでん》で、この付随《ふずい》音楽を使ったシェークスピア劇の上演をおこなって評判を呼んだことくらいだろう。肉体もだが、精神的に疲労困《ひろうこん》ぱいしたようだ。

多くのことにめぐまれているだけいっそう、差別との苦闘《くとう》はフェリックスを消耗《しょうもう》させせるのかもしれない。アンデルセンはヴァイマルで知り合った農民出身の作家、ベルトルト・アウエルバッハを思いだす。彼はアンデルセンに、友人となった証《あかし》にこれからは君《きみ》僕《ぼく》で呼びあおうと言い、「でもぼくがユダヤ人ということは、ご存知ですよね」とつけくわえたものだった。そのアウエルバッハはみずからの民族のためエネルギッシュに戦っており、世間の理不尽《りふじん》さに対する怒《いか》りをバネに、かえって長生きしそうに思えた。それにくらべ温室育ちのフェリックスの、いかにも線の細いこと。

——そういえば……。

と、迷信ぶかいアンデルセンは、フェリックスの早世《そうせい》した息子にまで思いをめぐらして不安になる。セシルは男の子三人、女の子二人を産んだが、父親の名を継《つ》いだフェリックスという男の子だけが、赤子のうちに亡くなっていた。同じ名前というのが気にかかった。

「どうかフェリックス、お体だけは、無理しないように」

「ありがとうございます。あなたもお気をつけて。長旅になりそうですから」

たしかにジェニーを忘れるまでの旅であるからには、長くなるだろう。

「旅行の途中《とちゅう》で気に入った場所を見つけたら、しばらくそこに腰《こし》をおちつけ、自伝も書くつもりです」

だが自伝を書く前にアンデルセンは、『柳《やなぎ》の木の下で』という童話をまず書いた。幼なじみの歌姫《うたひめ》に恋《こい》した主人公が、まったくむくわれず、荒野《こうや》をさまよったすえに死んでゆくという、どこにもまったく救いのない、童話とも思えない暗く切《せつ》ない物語を――。

第十一章　結ばれない運命

ライプツィヒでのジェニー・リンドのコンサートは、一八四六年一月と四月におこなわれた。一月のはチャリティ・コンサートで、収益金《しゅうえききん》はすべて、元ゲヴァントハウス楽団員の未亡人たちへ贈《おく》られた。

四月には二度コンサートがひらかれ、いつもよりチケットの値段がはるかに高かったにもかかわらず、顔ぶれの豪華《ごうか》さから、即日完売《そくじつかんばい》している。メンデルスゾーンの指揮《しき》、ゲヴァントハウス管弦楽団《かんげんがくだん》演奏、リンドの独唱、そして美貌《びぼう》の天才ピアニストとして名高いクララ（ローベルト・シューマン夫人）のピアノだった。ジェニーはオペラのアリアや、メンデルスゾーンの歌曲などをうたい、クララ・シューマンも伴奏《ばんそう》のほかにメンデルスゾーンの『無言歌《むごんか》』集をピアノ独奏した。これを機にジェニーとクララは親しくなり、たびたび共演するようになる。

はじめてライプツィヒをおとずれたとき、ジェニーはメンデルスゾーン家の夕食に招待された。ケーニヒ通り三番地に越《こ》したばかりのぜいたくな新居で、幸せのサンプルのごとき一家が彼女を待っていた。

ジェニーは常々、芸術家であるより先にまずひとりの女性でありたいと願っており、幼いころ家族の愛にめぐまれなかっただけに、人一倍それへのあこがれが強かった。妊《にん》娠《しん》しているファンにむかい、「ああ、なんてうらやましい。生きがいがあっていいわね」と言ったことがあるほどだ。いま彼女は自分が夢見た理想の家族像を、目の前にした。だがそれは、恋《こい》する人がほかの女性とのあいだにきずいた家庭だった。

その女性、セシルは、なにからなにまでジェニーと反対である。卵型のやわらかな面《おも》差《ざ》しと明るいブルーの瞳《ひとみ》は、ジェニーの北欧的《ほくおうてき》な力強くいかめしい輪郭《りんかく》線や、灰色の小さな悲しげな眼と、どんなにちがっていることか。またセシルには、周囲からずっと守られつづけて生きてきた女性特有の、えもいわれぬ甘《あま》さがあり、それは孤軍奮闘《こぐんふんとう》して人生に挑《いど》んでいるジェニーには、もうけっして手に入らないものだった。ジェニーは胸の痛みをこらえた。もともと人とうちとけにくい無口なタイプだったせいもあり、セシルとはぎこちなく接することしかできない。

セシルはセシルで、ジェニーに軽い嫉妬《しっと》をおぼえていたようだ。フェリックスが手ばなしでジェニーの才能をほめたたえ、自分には向かないとやめていたオペラの作曲に、もう一度トライしてみようと意欲をわかせている。それだけジェニーの存在に刺激《しげき》をうけたということで、そんなことはこれまでのどの歌手に対してもなかっただけに、奇《き》妙《みょう》な不安を感じる。食卓《しょくたく》での会話も音楽中心になりがちで、さして興味のないセシルは、のけ者にされたような気分だった。

このため夕食会はどことなく張りつめた空気のまま終わる。これきりで、ジェニーはライプツィヒにきても二度とメンデルスゾーン家へ招待されることはなかった。コンサートへセシルが聴《き》きにくることもなかった。とはいっても正式に家族に紹介《しょうかい》されたジェニーは、フェリックスやたまには子どもたちとも、手紙のやりとりをするようになる。このころフェリックスがジェニーへあてた手紙の一節《せつ》――「芸術への愛が魂《たましい》の奥底《おくそこ》まで根づいているという点で、ぼくたちは似た者同士といえましょう」

三月にジェニーはベルリンでオペラ公演中、足首をねんざした。伝え聞いたフェリックスが見舞《みま》いにくる。このときのようすを、ルイーズが日記に、「ふたりは夕食に三時間もついやし、夕食後にも同じく三時間！　彼は正真正銘《しょうしんしょうめい》の芸術家で、音楽好きだが、でもふたりは音楽についてより、それ以外のことを語り合う方が多かった」

翌日もフェリックスはあらわれ、午後いっぱいいっしょに過ごした。夕方はしかし、セシルをもついてきた。ルイーズはまた書く、「最大の不幸というべきもののひとつは、妻ある人に恋《こい》をする、しかもだれが見てもわかるほどの恋をすることだと思う」。

ルイーズの心配をよそに、ふたりはさらに親密度《しんみつど》を増してゆく。四月のライプツィヒ公演を終えてすぐ、五月末からアーヘンで開催《かいさい》されるニーダーライン音楽祭で共演するため、旅をともにし、いっしょの時を長く持つことになったからだ。

アーヘンは二大音楽家をむかえて、盛《も》りあがっていた。汽車が駅に着くと、町中の人間があつまったかと思われるほどの群集が、ひとめ彼らを見ようと押《お》し合いへしあいしていたし、ふたりの肖像画《しょうぞうが》があらゆる店のウィンドウにかざられ、肖像画をプリントしたハンカチやティーカップ、テーブルクロス、鉛筆《えんぴつ》までが売られていた。

コンサートは三回、どれも超満員《ちょうまんいん》だった。ヘンデルのオラトリオなどのほかに、ジェニーは『歌の翼《つばさ》に』もうたった。これはハイネの詩――「恋《こい》しい君を歌の翼に乗せ、ガンジス川のほとり、世にも美しい草原へつれてゆこう」――に、フェリックスがメロディをつけた、真珠粒《しんじゅつぶ》のように輝《かがや》く名歌曲で、現代まで人気がつづいている。

音楽祭が終わっても、ふたりはすぐに帰らなかった。ともに偏頭痛《へんずつう》の持病《じびょう》を治療《ちりょう》するためとの、おそらく半分は口実《こうじつ》で、フェリックスの知人の医者宅で静養にはいった。ここで彼らは「魂《たましい》の奥底《おくそこ》まで根づいている」芸術への愛について、心ゆくまで語り合うことができた。ジェニーは幸せだった。フェリックスもまた自分を慕《した》う彼女、「似た者同士」の彼女に、セシルとは別の魅力《みりょく》を感じていた。なによりジェニーとは音楽について論じ合えるし、あらたなインスピレーションもあたえてもらえる。

ちょうどフェリックスは、オラトリオ『エリヤ』を書きすすめているところだった。エリヤとは旧約聖書《きゅうやく》に出てくるヘブライの預言者《よげんしゃ》で、キリストのさきがけともいわれ、かんばつの襲来《しゅうらい》を予言したことで知られる。この聖人《せいじん》の劇的な生涯《しょうがい》をオラトリオ化したいと構想《こうそう》したのは、すでに七、八年も前になるが、けっきょく今まで手をつけずにきた。機《き》は熟《じゅく》し、フェリックスは疲《つか》れもいとわず、猛烈《もうれつ》な勢いで書きあげつつあった。奇《く》しくもドイツでは現実に昨年あたりからかんばつによる凶作《きょうさく》がつづき、各地で飢餓《きが》の報告がつづいていた（翌一八四七年には、農産物の高騰《こうとう》に怒《おこ》った人々が暴動《ぼうどう》をおこす）。

「エリヤのような神の預言者《よげんしゃ》が今の世にいてくれたら、どんなによかったでしょう」とフェリックスは言うのだった。「エリヤは強く、情熱的で、気むずかしく、深くものを考え、しかも天使の羽のように飛翔《ひしょう》する人間なのです」

ふたりはこのオラトリオの元になった聖書の解釈についてずいぶん話し合い、フェリックスはソプラノのパートをジェニーの硬質《こうしつ》な声に合わせて変更《へんこう》した。初演は三か月後、イギリスのバーミンガム音楽祭でおこなわれると決まっており、ほかの契約《けいやく》にがんじがらめになっているジェニーは出演できないが、いつか再演するときにはかならず共演すると約束した。

もうひとつの約束はオペラだ。フェリックスは若いころ書いたオペラが失敗して以来、理想を高くかかげすぎて、かえってこの分野からは遠ざかっていた。ドイツにはロマン主義的オペラを受け入れる素地《そじ》はない、とも思っていた。しかし『エリヤ』でのオペラ的表現に自信をつけ、さらにはジェニーの声とイメージにあったヒロインをつくりだしたいとの強い意欲もわき、ライン川の〈水の精伝説〉をもとにした『ローレライ』の台本に、真剣《しんけん》に取り組むことにした。

イギリスでの共演についても話し合った。ジェニーは英語が苦手なのと、失敗をおそれ、それまで何度かあった誘《さそ》いはすべてことわっていた。これほどの大スターになってもなお、客席がうまらなかったらどうしよう、との不安におののいていたのだ。フェリックスはイギリスの観客の好みを説明して彼女を安心させ、ヴィクトリア女王夫妻への紹介《しょうかい》も引きうけた。来春にはコンサートが実現できそうだった。

こうしてふたりは飽《あ》かず語らい、散歩し、だれにもじゃまされない安らかな数日間をすごした。生き返る思いのする貴重な日々だったが、やはりどこからともなくうわさが流れはじめ、これ以上、既婚《きこん》男性と独身女性がともに休暇《きゅうか》をすごすことへの非難《ひなん》を、無視できなくなってゆく。なごりおしい気持ちをおさえ、手紙を書くことを誓《ちか》いあって、彼らはそれぞれの場所へともどっていった。

ジェニーはクララ・シューマンとイタリア・ツアーをおこない、フェリックスへあて て、「せっかくヴェニスへきても、ここにはあなたほど幸せをあたえてくれるお方はいません」と書き、彼の方もいそがしい合い間をぬって、「あなたのためにオペラを書くことが、火急《かきゅう》の義務のように思われるのです」と手紙をだしている。

あいかわらずどちらもヨーロッパ中をかけめぐっていた。ジェニーはイタリアのあとはまたドイツ・ツアーだし、フェリックスは予定どおりバーミンガム音楽祭に出て、オラトリオ『エリヤ』を英語訳で初演した。熱狂的《ねっきょうてき》に受け入れられ、ハイドンの『天地創造《てんちそう》』《ぞう》、ヘンデルの『メサイア』とともに、〈三大オラトリオ〉とたたえられた。

仕事はこのように順調だったが、フェリックスの肉体はそうはいかない。イギリスから帰国すると、医者に「ピアニストとしてコンサート出演するのはもうやめること」と厳命《げんめい》された。言われるまでもなく、演奏どころか、指揮者《しきしゃ》としての仕事も休まねばならないほど疲《つか》れきっていて、しばらくスイスで静養した。オペラ『ローレライ』も数ページ書いただけで進まなかった。

アンデルセンがたずねてきたのは、雨のようにひたすらな雪がふりつづく、おそろしく静かな初冬の夕暮れだった。メンデルスゾーンは体調がいまだ万全《ばんぜん》といえず、作曲に専念《せんねん》するとの名目《めいもく》で家族とはなれ、ベルリンの実家で日をおくっていた。

「フェリックス、アンデルセン氏がお見えになったんだけど」

姉のファニーが、書斎《しょさい》のドアをあけて言った。黒い眉《まゆ》をひそめている。

「えっ、だれ？」

「アンデルセン氏よ。約束もなく、いきなりこんな時間にあらわれるなんて、非常識《ひじょうしき》きわまりないわ。ことわりましょうか」

「それは気の毒だよ、この雪だし。こちらへ通してもらって」

「だいじょうぶなの？」

ファニーは弟を気づかった。暖房《だんぼう》は十分きいているのに、フェリックスは厚手のガウンで着ぶくれ、そのうえ毛布でひざをおおい、なお唇《くちびる》を紫色にしている。

「かまわないさ。メイドになにか熱い飲みものをはこばせて」

答えながらフェリックスは、毛布をたたんでわきへかたづけた。ファニーはまだなにか言いたげだったが、あきらめて出てゆく。

入れかわりに、突風《とっぷう》のようにアンデルセンがあらわれた。外気《がいき》の冷たさを身にまとっているが、握手《あくしゅ》する手はフェリックスの手よりずっとあたたかい。

「こんばんは、フェリックス、急におじゃまして申しわけない。長居《ながい》はしません。馬車を待たせてあるからすぐ帰ります」

「いえいえ、うれしい驚《おどろ》きです。あなたはカプリ島にいらっしゃるとばかり思っていました」

「そうなんですが、コリン氏のぐあいがまた悪くなったと聞き、帰国を決めたのです。イタリアは暑すぎて、自伝を書くには向いていないようですし」

「進みぐあいはいかがですか」

「なんとか、というところです。故郷へもどれば、はかどるでしょう。マルセイユ、スイスと北上《ほくじょう》してきました。ベルリンを経由《けいゆ》するので、せっかくだからあなたにお会いしようと思って……」

アンデルセンの話しぶりは、どこか妙《みょう》だった。せわしなく瞳《ひとみ》を動かし、そのくせこちらの目は見ようとしない。飲みものがきたのさえ気づかないようすだ。だいじな話があるにちがいない、フェリックスは直感した。

「なにかあったのですか?」

口火《くちび》を切ってみる。

「ああ……いや……そんなたいしたことじゃありません。ただちょっと」

アンデルセンは頰《ほお》をゆがめ、ハンカチで口もとをふく。汗《あせ》なのか、雪なのか、髪《かみ》の毛がぬれているのに、それは気にならないらしい。しばらく下を向いていたが、覚悟《かくご》がついたか、ようやくフェリックスに視線をあて、

「イタリアのわたしの耳にまで、入ってきたのです。あなたと、そのう……ジェニー・リンド嬢《じょう》のことなんですが。つまりおふたりは恋人《こいびと》だ、という」

「それは誤解です」

「もちろんです、もちろん心ない人が、言いふらしているだけだというのはわかっています。ただ」

つんのめるような早口で、アンデルセンはつづけた。

「ただ、あなたにはお話ししておきたかったのです、わたしがジェニーを愛しているということを。わたしほどジェニーを愛している者はいないということを。どうかわかってほしい。五年近く、わたしの気持ちはずっと変わらない。ずっと彼女を愛しつづけているのです。フェリックス、あなたはなにもかも持っていらっしゃる。一生使いきれないほどの財産、輝《かがや》く才能、めぐまれた容姿《ようし》。いや、そんなものはどうでもいい。あなたが持っているのは、やさしくてきれいな夫人、かわいらしい子どもたち、理解あるきょうだい、多くの友人。みんなあなたを愛している。あなたもその人たちを愛している。あなたは愛にかこまれている。そうでしょう？　このうえ、まだ別の愛がほしいのですか？　それならそれは強欲《ごうよく》というものです。わたしをごらんなさい。わたしが望んでいるのは、たったひとつの愛だけです。ジェニーの愛だけなんです。あなたはジェニーを幸せにはできない。だってもうセシルがいるのですから。でもわたしならジェニーを幸せにできる。彼女と結婚して、彼女を幸せにできるのです。なんとしてもそれだけはあなたに言いたかった、それできたのです」

「わかりました」

「……それを言いたくて、イタリアからきたのです」

興奮がしずまってきたのか、アンデルセンはだんだん小さな声になる。フェリックスは圧倒《あっとう》されて、目の前の大男をぼうぜんと見やった。すでに中年の域《いき》に達した世界的に著名な作家が、恥《はじ》も外聞《がいぶん》もなく思いのたけをぶつけてきたことに、むしろ感動したといっていい。

「よくわかりました、ハンス。あなたの情熱がうらやましくてなりません。ほしいものにまっすぐ手をのばす、その一途《いちず》さが、心からうらやましい」

「フェリックス……」

「お約束します。あなたのだいじな女性を、けっして不幸にはしません」

「ありがとう。その言葉を聞いて、しみじみここにきてよかったと思います」

ふたりとも、これ以上もうなにも言うことはのこっていなかった。ランプの灯が書棚《しょだな》のガラスに、黙《だま》りこくる男たちのすがたを陰鬱《いんうつ》な影絵《かげえ》のように映しだす。箱時計の秒針の音だけが、むやみに大きくひびきはじめる。

やがてアンデルセンは立ちあがり、短くいとまごいの言葉をつぶやいて去りかけ、思いなおしたようにふりかえってまた言った。

「なぜ怒《おこ》らないのですか？　こんなわたしのぶしつけな言いように、なぜ怒らないのです？」

フェリックスはゆっくり首をふり、

「あなたの激しさに対抗《たいこう》するだけの情熱が、もはや自分にはないということを、いやというほど思い知らされたからです。人は義務にしばられて毎日をやりすごすうち、少しずつ情熱をすりへらしてゆくものらしい」

「小さなころから我慢《がまん》づよい良い子だったから？」

「ああ、そうかもしれませんね。義務なのか情熱なのか、いつのまにか自分でも区別がつかなくなったのかもしれない。自分のほんとうにほしいものが何なのか、やりたいことは何なのかさえ、わからなくなったのかもしれない。好きなことだけをやっているあなたが、心底《しんそこ》うらやましいです」

「お疲《つか》れなのでしょう」

その言葉をのこし、アンデルセンは去っていった。フェリックスは椅子《いす》にすわったまま、しばらくその姿勢をくずさなかった。まったく、ひどく疲《つか》れた。自分の肉体が重く重く、魂《たましい》にのしかかってくる。

バルザックが、「情熱こそは人間性のすべてである」と書いていたが、だとしたらその情熱をなくした自分に、生きている価値はあるのだろうか。

――寒けがして、はっと我《われ》にかえる。いつのまにか眠《ねむ》っていたようだ。痛む頭をおさえ、毛布にくるまって立ちあがり、窓のカーテンをあけてみた。もとより馬車などあるはずもない。一面の雪。まるで永遠にふりつづくかのような雪。その白さで闇《やみ》はいっそう深みを増している。

ほんとうにアンデルセンはきたのだろうか。テーブルの上を見ると、ティーカップはなかった。ずいぶんリアルな夢を見ていたのらしい……。

翌一八四七年春、少し体調を持ち直したフェリックスは、十度目のイギリス・ツアーに旅立った。イギリスは彼の第二の故郷ともいうべき国である。国力を増していたヴィクトリア朝《ちょう》期のこの国は、メンデルスゾーン音楽の特徴《とくちょう》――ゆたかな情感にあふれながら醒《さ》めた部分をのこし、古典的でありながらロマンティック、そしてなにより優雅《ゆうが》な美しさ――を愛し、またもっともよく理解してくれた。ユダヤ人差別もドイツにくらべてはるかに少なかった。

十回のイギリス訪問で、彼は幾度《いくど》かバッキンガム宮殿《きゅうでん》にまねかれ、ヴィクトリア女王たちと会食したり合奏《がっそう》したりしている。女王の日記には、彼が小柄《こがら》なこと、デリケートなこと、知的な広いひたいを持っていること、人を楽しませ、非常に謙虚《けんきょ》であることなどが書かれている。「夕食のあと、ピアノを弾《ひ》いてみんなを感動させたが、気の毒にメンデルスゾーンは、弾《ひ》き終えるとすっかり消耗《しょうもう》しきっていた」との記述もある。これは一八四二年の日記なので、フェリックスの疲労《ひろう》がかなり前からのものとわかる。

今回の彼はさらに衰弱《すいじゃく》していた。にもかかわらず人気におされ、『エリヤ』の指揮《しき》という大仕事をことわるわけにはいかない。ロンドンで四回、マンチェスターとバーミンガムでそれぞれ一回ずつ指揮棒《しきぼう》を振《ふ》り、ほかにもピアノ独奏会までこなしたのだからいっぱいいっぱいのはずだが、そのあと、ジェニーをロンドン・デビューさせる約束も果たさねばならなかった。彼女をつれて夜《よ》ごといろいろなパーティへ顔を出し、名士たち

に紹介《しょうかい》し、彼女の歌の伴奏《ばんそう》をつとめる。極度の疲労《ひろう》のため、テムズ川にかかる橋をジェニーと散歩しているさいちゅう、めまいをおこしてよろめいたことさえあった。

なにかが大きく変わろうとしていた。フェリックスはイギリスへわたる直前、友人にあてて、「わたしたちは春になると良いことがあるのではないかと考えがちですが、それは不幸な誤解です。(中略)ほんとうに良いことはくりかえされないのです。なぜかわかりませんが、けっしてくりかえされないのです」と、陰鬱《いんうつ》な手紙を送っている。

ジェニーも、フェリックスが去年の休暇《きゅうか》のときとは別人だと、うすうす感じはじめていた。彼女のコンサートを成功させるため、あらゆる面で親身《しんみ》に世話はしてくれるものの、なぜか微妙《びみょう》に距離《きょり》が遠い。あせっても、その距離は縮まることなく、一か月がすぎたころ、

「急用ができたので、突然《とつぜん》で申しわけありませんが、帰国しなければなりません」

フェリックスからそう告げられた。

「……はい」

その明らかな嘘《うそ》を、ジェニーはただ受け入れるしかなかった。

いつかはこういう日がくるだろうと、覚悟《かくご》はしていたのだ。彼は家族のもとへもどり、自分はひとり取りのこされる。むしろよく今までいっしょにいてくれたと、感謝すべきなのかもしれない。フェリックスは、ジェニーが完全にイギリスを制覇《せいは》し、人気を不動のものとし、もう自分がいなくてもやってゆけると見さだめるまで、そばで見まもりつづけてくれた。

代わりの伴奏者《ばんそうしゃ》としてフェリックスは、ライプツィヒ音楽院を首席で卒業した自分の弟子、オットー・ゴールドシュミットを呼びよせていた（この十八歳《さい》の青年がのちにジェニーの夫となるなど、いったいだれに想像できたろう）。ジェニーはゴールドシュミットとともに、のこりのイギリス公演をつづけていった。

彼女もまた疲《つか》れが蓄積《ちくせき》していたと思われる。慣《な》れない英語でうたうことにも緊張《きんちょう》を強《し》いられ、毎回のパーティもいまだ難業《なんぎょう》だった。あるコンサートで二十回ものアンコールがつづいたとき、ジェニーはついに舞台《ぶたい》の上で失神《しっしん》してしまう。それともそれは、フェリックスに去られた心の痛手《いたで》によるものだったろうか。

メンデルスゾーンが中途《ちゅうと》はんぱな時期に帰国したことは、すぐ人々の憶測《おくそく》を呼び、恋人《こいびと》だったふたりが別れた、とのうわさがひろまった。それを伝え聞いて、即、行動にうつした男性がいる。もちろんアンデルセンだ。

アンデルセンは、昨冬からコペンハーゲンへもどっていたが、当時の彼の日記には、ほとんどジェニーに言及《げんきゅう》がない。せいぜいが「ジェニーを想った」「ジェニーに手紙を書いた」と短いものばかり。そのかわり旅の途上《とじょう》で書きつづっていた自伝には、こうある。

「ジェニー・リンドによって初めてわたしは芸術の崇高《すうこう》さを理解した。人間は至高《しこう》のものへ奉仕《ほうし》するとき、小さな自我《じが》など忘れなければならない、そう教えてくれたのは彼女である。どんな書物《しょもつ》もどんな人間も、彼女ほど詩人としてのわたしに、深い浄化作用《じょうかさよう》をおよぼした人間はいない」

希望をいだいてロンドンへ着いたアンデルセンだったが、以前のようにがむしゃらに直行するのははばかられたらしく、まず連絡《れんらく》をとっている。ジェニーからは、「明日の十二時から三時まででしたら、在宅《ざいたく》しております」との返事をもらい、馬車を走らせた。

だが胸ときめかせていたのは自分だけということを、またまた（何度目だろう）思い知らされる。その日の日記も短く、「彼女は遊び相手に仔犬《こいぬ》を飼っていた」と書く。


「ジェニー、これをごらんになりましたか？」

アンデルセンが前日の新聞を持ってきて言った。

「いいえ」

否定はしたが、実はとっくに読んでいた。「なんて無責任なゴシップ記事でしょう」と、ルイーズといっしょに腹を立てていたのだ。そうと知らないアンデルセンは、くすぐったげな微笑《ほほえみ》をうかべながら、

「こんな見出しです。〈アンデルセン氏とリンド嬢《じょう》、婚約《こんやく》す〉」

「……」

「なんだか照れてしまうなあ」

「お兄さまったら、子どもみたい」

ジェニーが一笑《いっしょう》に付《ふ》したので、アンデルセンはそれ以上なにも言えずだまった。

彼が帰ったあとでルイーズが、

「ジェニー、いくらなんでも、あなた、アンデルセンさまに冷たすぎるのじゃない？　とても傷ついていらしたわよ」

「だってどうすればいいの？　あの方は、ご自分がフェリックスの代わりになれると信じているのよ。わたしがあの方を愛さないのは、フェリックスがいたからで、フェリックスがいなくなれば、わたしから愛してもらえると、勝手に思いこんでいるのよ」

「たとえそうだとしても、今の新聞のことにせよ、もう少し言いようがあったはずじゃないかしら」

するとジェニーはいきなりソファから立ちあがり、めずらしく大きな声で、

「なぜこの部屋はお花が少ないの？」

どのテーブルにも、チューリップやスイートピーなどがこぼれるほど活《い》けてある。フェリックスの不在を埋《う》めるように、ジェニーは家中を花で飾《かざ》りたてずにいられなかったからだ。

「こんなにたくさん……」

言いかけてルイーズは、ジェニーが泣いているのに気づいた。大きな涙《なみだ》が花の露《つゆ》のように、ぽとぽとレースの襟《えり》へ落ちている。ぬぐいもしない。ルイーズは彼女をそっとまたソファへすわらせ、やさしく肩《かた》を抱《だ》きよせた。

「かわいそうに、ジェニー、つらいのね」

メンデルスゾーンがイギリス公演なかばで帰国したとき、ルイーズは自分の予感が当たったと思った。ジェニーはなにも言わないけれど、きっと彼女は思いのたけを彼にぶつけてしまったのだ。そしてそれが裏目に出た。常に背水《はいすい》の陣《じん》を敷《し》いて人生を戦いぬいてきたジェニーと異なり、メンデルスゾーンはどんなことにも抑制力《よくせいりょく》をきかせる人だ。たがいになにも語らないでいる間はつづいた関係が、相手の恋情《れんじょう》を聞かされた瞬間《しゅんかん》にこわれてしまう。そういうことだったのではないだろうか。

「わたしたちはもう二度と会えないのかしら」

すすりあげながら、ジェニーはつぶやく。

「だいじょうぶ。これからも共演の機会はいくらでもあるわ。今回のことは、ひとまずおたがいの立場を守らなければ、と判断されたのでしょう」

「ルイーズ、わたし、あの方に嫌《きら》われてはいないわよね」

「まさか。そんなこと絶対にないわ」

「そう思う？　だけどあのロンドン公演が決まったときも、わたしがうれしくてすぐ連《れん》絡《らく》したのに、彼はしばらく返事もくれなかった。あのときすでに迷惑《めいわく》がっていたのではないかしら」

「おいそがしかっただけよ。その証拠《しょうこ》に、わたしたちが着いたとき、港までむかえにきてくださったじゃない。ずっと世話もしてくださったし」

「約束していたからだわ。フェリックスは約束をかならず守るの。約束した瞬間《しゅんかん》、義務になるのよ。わたしのことまで義務と感じていたんだわ」

　またも泣きだしたジェニーを、もはやルイーズはなんと言ってなぐさめていいか、わからなくなるのだった。


　一方ジェニーのもとを辞《じ》したアンデルセンは、ふたたび旅立つ用意をしていた。けっきょくロンドンに六週間とどまり、ジェニーをおとずれたのはわずか六度きり。かつてなら毎日でもおしかけて行ったのに、今のジェニーは人をよせつけない威厳《いげん》を身につけている。甘《あま》え上手《じょうず》の彼にして、そのきっぱりした態度の前にはなすすべがなかった。あらゆる楽観をかきあつめても、望みがないのは明らかだった。

「ジェニー・リンドには別れを告げに行かなかった。行こうと思えば行けたのだけれど……」彼は日記にそう書いている。

三人が三人とも、諦念《ていねん》をむかえた晩春《ばんしゅん》だった。アンデルセン四十二歳《さい》、メンデルスゾーン三十八歳、リンド二十七歳――。

第十二章　突然《とつぜん》の終わり

　フェリックスは休み休み、帰国の途《と》についた。船、汽車、馬車と乗りついでまっすぐ帰るには、疲《つか》れすぎていた。

　ケルン近郊《きんこう》の伯父《おじ》宅《たく》へ数日泊《と》まったときのこと。この伯父《おじ》はもう七十六歳《さい》だというのに、いっしょに散歩していてその足の速さについてゆけず、「もう少しゆっくり歩いていただけませんか」と、たびたびたのまなければならない始末だった。

　肉体的衰弱《すいじゃく》は気持ちへも悪影響《あくえいきょう》をおよぼし、ずいぶん前からフェリックスは、自分の仕事など医者や職人にくらべて世の中のなんの役にもたっていないと、憂《ゆう》うつになることがよくあった。ジェニーと別れた今、気持ちはいっそう沈《しず》んでゆく。

五月なかば、フランクフルトの立ち寄り先で、大きなショックが待ちうけていた。ベルリンにいる姉ファニーが急死したとの知らせ。あまりにも突然《とつぜん》の悲報《ひほう》だった。フェリックスは、うめき声をあげるなり、その場へくずおれてしまった。

だれよりも強く結びついていた姉である。ともに音楽を奏《かな》で、書を読み、学び、楽しいときも悲しいときも——子ども時代、ユダヤ人というだけで石をぶつけられ、かばいあったこともある——心をかよわせてきた。たがいに結婚してはなれて暮らしてはいたが、まめに手紙をやりとりし、作曲にあたってはかならず批評《ひひょう》をあおいだし、『無言《むごん》歌《か》』四十九曲中のいくつかは、事実上ファニーとの合作だった。実家での〈日曜音楽会〉にしても、本来なら長男のフェリックスが主導しなければならないのに、ベルリンを嫌《きら》って家を出たため、ほとんどファニーにまかせきりだった。精神的、芸術的に、どれほど頼《たよ》りにしていたかしれない。

ファニーは去年初めて、夫ヘンゼルのあとおしで、自作の『ピアノ曲集』や『歌曲集』を出版していた。少女時代には弟に負けない天分《てんぶん》をみとめられていながら、この時代、この階級の女性が職業を持つ、しかも音楽家になるなど、とうてい許されるものではなかったため、彼女は家庭という狭《せま》いサークルの中でだけ自作を発表してきた。前に一度、人にすすめられて出版を考えたときも、フェリックスの「やめた方がいい」の一言であきらめたし、今回のことも彼に遠慮《えんりょ》し、「あなたにだまって出版したので、気を悪くしないよう、願っています」と手紙をよこしたほどである。

自己をためそうと、足を一歩ふみだしたとたんの死。なんとむごいことか。

フェリックスは激しい後悔《こうかい》にさいなまれた。プロの道のきびしさを姉に味わわせたくない一心《いっしん》で反対したのだが、今にして思えばそれはずいぶん身勝手《みがって》な決めつけだった。きびしい道には成功したときの大きな喜びもある。ジェニー・リンドを見ればそれがよくわかる。自分はその喜びを姉からうばったのではないだろうか。ジェニーが貧しい生まれゆえに才能を開花させたのとは反対に、ファニーは富豪《ふごう》の娘《むすめ》として生まれたがゆえに家庭におしこめられてしまった。自分もまたおしこめたひとりだという自覚が、フェリックスを苦しめる。せめてもの救いは、彼女からの出版の知らせに対し、「姉さんがわれわれ音楽家仲間になられたことを、祝福いたします」と返事を出したことだが……。

四十二歳《さい》のファニーは一見、健康そのものだった。前日、『山の楽しみ』という歌曲を書きあげ、翌朝は、自作合唱曲が新聞でほめられているのを読んで喜び、午後に、〈日曜音楽会〉で演奏予定のフェリックス作『最初のヴァルプルギスの夜』（ゲーテの『ファウスト』をもとにしたカンタータ）をリハーサルしていて、突如《とつじょ》、倒《たお》れたのだ。脳卒《のうそつ》中《ちゅう》だった。まったく苦しまず、意識不明《いしきふめい》のまま四時間後、息をひきとった。この病気はメンデルスゾーン家の遺伝《いでん》と言う人もおり、事実、父アブラハムも、その父モーゼスも脳卒中でそれぞれ五十八歳、五十六歳《さい》で亡くなっている。

フェリックスは連絡《れんらく》を受けた翌日、ヘンゼルに手紙を書いた。「今やわたしたちみなにとって、世界は変わってしまいました。でもこの変化に慣《な》れてゆかねばなりません。もっとも、慣《な》れるまでにはわたしたちの命もつきてしまうでしょうが」

ヘンゼルは愛妻の死のショックで絵筆を捨て、のちにひとり息子をファニーの妹レベッカにあずけると、皇室の護衛隊員になってしまう。フェリックスもゲヴァントハウスの職を辞《じ》し、ひどい不眠《ふみん》におちいり、人と接するのを極端《きょくたん》にいやがるようになった。老人のように足をひきずりながら、黙々《もくもく》とひとり森を散歩する彼を見た古くからの友人が、「生気《せいき》がなく、まるで別人のようだ」と変わりはてたすがたをなげいている。

それでも少しずつ、フェリックスは自分を立てなおそうと努力した。家長《かちょう》としての責任も自覚したのであろう、夏にはメンデルスゾーン一族――自分たちの家族、弟と妹の家族、そしてヘンゼルと子ども――をつれて、スイスでしばしの休暇《きゅうか》をとった。農民暴動《ぼうどう》や工場労働者のストライキが頻発《ひんぱつ》するなか、いつまた激しいユダヤ人排斥《はいせき》がおこらないともかぎらず、一族の団結をはかり、家族の避難所《ひなんじょ》になりたいと思ったのだ。いずれベルリンの実家へ引っこすことも考えていた。

スイスからもどるとすぐファニーの遺稿集《いこうしゅう》出版の手配をし、ウィーンでの『エリヤ』十一月初演で指揮《しき》する契約《けいやく》をかわした。それからファニーへのレクイエムとして『弦楽《げんがく》四重奏曲《しじゅうそうきょく》へ短調』を完成させるが、これはおよそ弦楽四重奏曲のイメージからほど遠い、激烈《げきれつ》な表現を持っている。おそろしいまでの神経のたかぶり、まるでみずからの死を予感したかのような絶望。世界は黒く塗《ぬ》りつぶされている。とても『真夏の夜の夢』と同じ作り手とは思えない。彼はまだ癒《いや》されてはいないのだ。いや、もうけっして癒されることはないと、自ら表明している。

まわりの人々もそのことをいやというほど思い知らされた。秋にフェリックスがべルリンへ出かけ、ファニーの家をおとずれたときのこと。ファニーの記念の品々を前にした彼は異様《いよう》な興奮状態におちいり、逃《に》げるようにライプツィヒへ帰ってしまった。どうしても姉の死を受け入れられないらしい。帰宅したフェリックスは家にとじこもり、『ローレライ』の作曲や『エリヤ』上演準備にとりかかろうとするが、集中できず悶々《もんもん》とする。もはや音楽になぐさめは見いだせないようだった。

十月はじめ、手足の冷えとしびれ、脈拍《みゃくはく》のみだれ、ひどい頭痛をうったえる。医者がヒルに血を吸わせ（当時の医学ではふつうの治療行為《ちりょうこうい》）、一週間ほどで回復した。しかし月末に、こんどは激しい神経発作《ほっさ》がおこって、医者の薬は信用ならないと飲むのをこばむ。それでも二、三日後にはまた良くなった。

十一月三日、ベルリンから見舞《みま》いにきた弟のパウルとなかよく談笑《だんしょう》していた午後二時ころ、容態《ようだい》は急変する。頭をかかえて倒《たお》れ、失神《しっしん》。その後、もうろうとしながらも、悲鳴をあげたり歌をうたったり、手で太鼓《たいこ》を打つような動作をくりかえす。翌日の四日には落ちつき、医者からぐあいを聞かれて、「とても疲《つか》れた」と答えている。これが最後の言葉になった。直後、意識を失い、夜九時すぎ、永眠《えいみん》。

なげき悲しむセシルを、医者は抱《だ》きかかえて別室へつれていった。子どもたちはもう寝《ね》ていた。臨終《りんじゅう》に立ちあったモシェレスは、フェリックスの死に顔を、「天使のように安らかで、不滅《ふめつ》の魂《たましい》が刻印《こくいん》されていた。わたしはまだぬくもりののこる彼のひたいに、そっと最後の口づけをした」と書いている。ファニーの死から、わずか半年後のことだった。ヘンゼルが死の床《とこ》のメンデルスゾーンをスケッチした。眠《ねむ》っているような安らかな横顔だ。

いったいフェリックス・メンデルスゾーンの死因はなんだったのだろう。過労《かろう》だったのはまちがいないとして、それにしても若いときは健康そのものだったのに、亡くなる四、五年前から急に、まるで少しずつ毒でも盛《も》られたかのごとく、命の火が細く細くゆらめいて弱まっていった。主治医《しゅじい》は若年性《じゃくねんせい》高血圧による脳卒中《のうそつちゅう》と診断《しんだん》しているが、三十八歳《さい》という若さからみて、それには疑問符《ぎもんふ》をつける人も少なくない。くも膜下《まくか》出血との説についても、嘔吐《おうと》がなかった点、二度も回復している点などから、これも確実ではなく、今なお決定的な説といえるものはない。

メンデルスゾーンの神童《しんどう》ぶりは、よくモーツァルトとくらべられたものだが、三十五歳《さい》で亡くなったモーツァルトの死が謎《なぞ》めいているのと同様、メンデルスゾーンの死もまたはっきり病死とも言いきれないのだ。モーツァルトのように毒殺説あり、陰謀説《いんぼうせつ》あり、水銀中毒説ありとさわがれていないだけで、メンデルスゾーンの突然死《とつぜんし》が不可思議《ふかしぎ》な靄《もや》につつまれていることに変わりはない。いつの日か真実が明かされるときがくるのであろうか。

葬儀《そうぎ》は七日、ライプツィヒでおこなわれた。デフリーントやローベルト・シューマンなど親しい友人らが棺《ひつぎ》をかついだ。その後、遺体は列車でベルリンへはこばれ、途中《とちゅう》、祖父モーゼスの故郷デッサウなど、いくつもの駅にとまり、そのつどおおぜいのファンが列車を見おくった。ベルリンに着くと、ベートーヴェンの『葬送行進曲《そうそう》』が流されるなか、聖三位一体《せいさんみいったい》教会にあるメンデルスゾーン家の墓地、ファニーの墓のとなりに埋葬《まいそう》された。

この年から翌年にかけて、葬儀《そうぎ》の盛大《せいだい》さに輪をかけた規模《きぼ》で、追悼《ついとう》公演が各地でつぎつぎひらかれる。ライプツィヒはもちろん、ベルリン、ハンブルク、フランクフルト、ロンドン、バーミンガム、マンチェスター、パリ、ニューヨーク……そしてウィーンでは、『エリヤ』が上演された。演奏者はみんな喪服《もふく》を着て、指揮台《しきだい》はふたつ用意されており、メンデルスゾーンが指揮棒《しきぼう》を振《ふ》るはずだった台には黒布がかけられ、その上に月桂冠《げっけいかん》と楽譜《がくふ》が置かれた。偉大《いだい》なる音楽家への敬意が、こうして示されたのである。

アンデルセンの自伝も、当然ながらメンデルスゾーンの死にふれている。ただ記述したのが死の数年後なので、おどろきよりむしろ静かな悲しみと哀切《あいせつ》にみちている、「輝《かがや》かしき天才メンデルスゾーンの家で、わたしは幸福な時をすごした。彼の演奏は、なんど聴《き》いてもあきるということがなかった。（中略）この旅のあと、わたしたちはもう一回会ったが、その後はもうこの世では会えなくなってしまう。彼の妻もすぐ彼のあとを追った。ドレスデンにあるラファエロの天使たちそっくりだった彼の子どもたちも、今では世界中に散っている」

ここに記されているように、妻セシルはフェリックスの死後四年たらずで、結核《けっかく》をわずらって亡くなっている。弟パウルが、「ファニーの死によって我《わ》が一族は打ちくだかれ、フェリックスの死によって息の根をとめられた」となげいたのも、あながち誇張《こちょう》ではなかった。

そしてジェニー・リンド。彼女が連絡《れんらく》をうけたのは、スウェーデンでだった。イギリス公演を終えてドイツへ寄り、ベルリンのウィッチマン教授宅で、フェリックスとの再会に淡《あわ》い期待をいだいて待った彼女だったが、とうとうあきらめて帰国してまもなくである。いかに激しい打撃《だげき》だったかは、しばらく呆然《ぼうぜん》としてなにも手につかず、知らせてくれたウィッチマン夫人への返事さえ、二か月後でなければ書けなかったということにもあらわれていよう。

「こんなにお返事が遅《おく》れたことを、おわびいたします。まだ頭が混乱しています。なんという衝撃的《しょうげきてき》なできごとでしょう。なんという運命が、わたしたちをおおっていることでしょう！　実をいえば、彼こそわたしがすべてを捧《ささ》げることのできる、ただひとりのお方でした。わたしの魂《たましい》に生きる喜びをあたえてくれた、ただひとりのお方でした。やっとそんな方に出会えたと思ったとたん、もう失ってしまうなんて……」

また別の友人あてにも、「わたしたちのようにおたがいを理解し、共感しあえるふたりの人間が、同じ時代に生きたということは、この世でもまれなことといえるでしょう」と書いている。

リンドの激しくゆれる心は、彼女らしくもない行動に走らせた。テノール歌手ギュンタからの求婚《きゅうこん》を承諾《しょうだく》したのだ。メンデルスゾーンを忘れるため、早く結婚して幸せな家庭をつくろうと思ったのだろうか。オペラ界からの引退も決めた。ところがギュンタから「まだ引退には早すぎる」と言われ、我《われ》にかえったように、すぐ婚約《こんやく》を解消している。

翌年、イギリスから公演依頼《いらい》があった。『エリヤ』再演だという。彼女は快諾《かいだく》した。ついにメンデルスゾーンとの約束を果たせるのだ。ロンドンのエクセター・ホールで、リンドは〈天使〉と〈寡婦《かふ》〉というふたつのソプラノ・パートをうたった。これはメンデルスゾーンが、わざわざ彼女の声質にあうよう書きなおしてくれたものだ。

うたいながらジェニーは、メンデルスゾーンとの短いふたりだけの時を思いだしていただろう。そして預言者《よげんしゃ》エリヤの最期《さいご》にメンデルスゾーンの最期《さいご》をかさねていたかもしれない。エリヤが、

「おお、主よ、足れり、わが命を召《め》したまえ。もはや我れは長生きを望まない。いま我れを死なせたまえ」

と神に呼びかけると、天使が降《お》りきたって、

「さあ、行け。主の御前《おんまえ》の山に立て。そこに主の栄光はあらわれ、汝《なんじ》を照らすであろう」

と、こたえる。こうしてエリヤはシナイ山へのぼり、火の馬の引く火の車に乗りこんで、旋風《せんぷう》のなか、おろかな民衆をはるか下に、高く高く、神のいまわす天へと、のぼっていくのだった。

エピローグ

メンデルスゾーンの死がどれほど早すぎるものだったかは、アンデルセンがその後およそ三十年、リンドが四十年の寿命《じゅみょう》をのこしていたことからも明らかだ。

ふたりはメンデルスゾーンが見ることのできなかったものを見、体験できなかったことを体験した。革命があり、パリ万国博覧会があり、エレベーターができ、ダイナマイトや電話が発明され、結核菌《けっかくきん》がつきとめられた、そんな新しい世界をだ。

なによりふたりとも、生前も死後も変わらぬ名声を維持《いじ》した。アンデルセンは息長く書きつづけ、少年時代に占《うらな》い師《し》から予言されたとおり、故郷からイルミネーションでむかえられ、「有名になりたい」との願いはこれ以上ないほどにかない、ヨーロッパ各国からありとあらゆる栄誉《えいよ》の勲章《くんしょう》を贈《おく》られた。生涯《しょうがい》、独身だったけれど、晩年は親切な後《こう》援者《えんしゃ》の邸《やしき》にひきとられて手厚い介護《かいご》をうけ、七十歳《さい》の天寿《てんじゅ》をまっとうして、デンマークの国葬《こくそう》で送られている。

リンドがオペラ歌手だったのはわずか十年。しかしそれからもコンサート歌手、オラトリオ歌手として長く舞台《ぶたい》で人気をたもち、晩年は音楽教師として後輩《こうはい》の育成に力をつくした。イギリスに帰化《きか》し、リンド奨学基金《しょうがくききん》を設立したり、リンド小児病院を建て、これは現在でも運営されている。私生活はゴールドシュミットとのあいだに三人の子どもをもうけ、おだやかで幸福だった。六十七歳で心臓発作《しんぞうほっさ》に倒《たお》れ、ウエストミンスター寺院にほうむられた。二十世紀に入ってからも彼女は、スウェーデンの五十クローネ紙幣《しへい》の顔にえらばれている。女性が紙幣に登場する少なさを思えば、リンドの知名度《ちめいど》の高さがうかがわれよう。

いっぽうメンデルスゾーンに対する評価は、時代の波にもまれにもまれた。彼の暗い予感どおり、ドイツでは社会不安を背景にアーリア主義が拡大し、ユダヤ人排斥《はいせき》が強化されていった。まっさきに狼煙《のろし》をあげたのは、リヒャルト・ヴァーグナーだ。ヴァーグナーはかつてメンデルスゾーンの作品をほめ、自作の発表場所がなくてこまっていたとき、彼にたのみこんでゲヴァントハウスでとりあげてもらった恩があるにもかかわらず、彼の死後三年目の一八五〇年、匿名《とくめい》で〈音楽におけるユダヤ主義〉という一文を音楽誌に載《の》せた。「ユダヤ人は創造するのではなく模倣《もほう》しかしない」「彼らの容貌《ようぼう》はとうてい美術の対象にはなりえない代物《しろもの》だ」「ユダヤ人がうたうと、彼らのしゃべり方のいやなところがそのまま歌の中にあらわれて、即刻退散《そっこくたいさん》したくなる」「メンデルスゾーンはヨアヒムだのダヴィッドだのをつれてきて、ライプツィヒをユダヤ人音楽の町にしてしまった」「メンデルスゾーンは才能や教養はあったが、人に感動をあたえる音楽はつくれなかった」エトセトラ、エトセトラ……。

これを「論文」と呼ぶべきなのだろうか。人種差別にもとづく悪口雑言《あっこうぞうごん》でしかない。しかしそれだからこそ反響《はんきょう》は大きく、音楽界だけにとどまらない反ユダヤ陣営《じんえい》を、大いに勢いづかせたのである。

ヴァーグナーの卑劣《ひれつ》さは、これを匿名《とくめい》で書いたということばかりではなかった。彼は、当時まだオペラ界に大きな力を持っていたユダヤ人マイヤーベーアについては、自分が不利になるかもしれないと、万が一をおもんばかって巧妙《こうみょう》に批判をさけ、マイヤーベーアが亡くなると、待ってましたとばかり、こんどは本名でマイヤーベーア攻撃《こうげき》をはじめている。

歴史は撚《よ》り糸《いと》のようにからみあってつづいてゆく。

七十年後、ミュンヘンにファシズム政党ナチスが生まれ、その党首ヒトラーが政権をとると、ユダヤ人への迫害《はくがい》は公然のものとなり、メンデルスゾーン銀行は解体されてしまう。音楽も例外ではなかった。ヴァーグナーの本拠地《ほんきょち》バイロイトがナチスの後援《こうえん》でにぎわういっぽう、メンデルスゾーンの名前は教科書から消され、ゲヴァントハウスの前に建っていた彼の銅像は破壊《はかい》され、彼の名をつけた通りの名称《めいしょう》は変更《へんこう》され、彼の作品の出版は禁止された。『真夏の夜の夢』というタイトルで別作品を書くようにと、何人かの作曲家たち（リヒャルト・シュトラウスは拒否《きょひ》した）がナチスから命令された。『ヴァイオリン協奏曲《きょうそうきょく》ホ短調』だけは、人気がありすぎて演奏されつづけたが、作曲者名はふせられたままだった。

一九四五年、第二次世界大戦は終わり、ナチスは崩壊《ほうかい》したが、いったん傷つけられたメンデルスゾーンの名誉《めいよ》回復はたいへんだった。今でこそ芸術性、創造性の高さをみとめない者はいなくなったが、長い間「軽い曲をつくった幸せな音楽家」「サロン的音楽家」といった侮蔑的《ぶべつてき》あつかいをされ、彼の作品の大きな特徴《とくちょう》である貴族的優雅《ゆうが》さ、明朗《めいろう》で知的な美しさ、たぐいまれなメロディのゆたかさといったものが、あたかも短所であるかのように論じられさえした。

ある意味、メンデルスゾーン研究はようやくはじまったばかりといっていいのかもしれない。『弦楽四重奏曲《げんがくしじゅうそうきょく》ヘ短調』のすさまじい絶望の描写《びょうしゃ》、オラトリオ『エリヤ』のオペラ的スケール感など、彼の多面性がじょじょに知られつつある。単純なだけの人生ではなかったことも、彼の芸術をとおして認識されつつある。

メンデルスゾーンが『マタイ受難曲《じゅなんきょく》』を再演してよみがえらせるまで、バッハは古くさいカビの生えた音楽とされていたのを思いだしてみよう。メンデルスゾーンも同じこと。金持ちの道楽的《どうらくてき》な音楽つくりだったという偏見《へんけん》を捨て、反ユダヤ主義の足かせをとりはらい、ただ彼の音楽にだけ耳をかたむけてみよう。そうすればメンデルスゾーン本来の魅力《みりょく》とその広大な世界が、ありありと目の前にひろがってくるはずだ。

あとがき

人生における運不運とは何だろう？

十九世紀の傑出《けっしゅつ》した作曲家メンデルスゾーン——彼の生涯《しょうがい》をたどりながら、そのことを考えてみたかった。

メンデルスゾーンについては、たいていの音楽書がこう記している、富豪《ふごう》の名家に生まれ、じゅうぶんな教育のもとで多彩《たさい》な才能をのびのび開花させ、おだやかな結婚生活をおくり、良き友人たちと交流し、作品は人気を博し、おまけに容姿《ようし》にもめぐまれて、「彼ほど幸せな音楽家はいなかった」と。

実際には、そう良いことづくめでもない。階級差別や人種差別の激しいこの時代のドイツで、ユダヤ人の彼が差別を受けずにすむわけもなく、ヨーロッパ社会へとけこむ必要から、キリスト教に改宗《かいしゅう》したり名前をメンデルスゾーン・バルトルディと変えるなど、たいへんな苦労をしている。個人の責任とかかわりないところで蔑《さげす》まれるという、根源《こんげん》的《てき》な屈辱《くつじょく》を受けた人間を、いったい幸せと呼べるものなのか。

また彼は両親のきびしい教育方針によって、古典、語学、歴史、音楽、美術、スポーツ、ダンスにいたるまでつめこまれ、第一級の教養ある紳士《しんし》になったが、反面、優等生の常として遊ぶことへの罪悪感《ざいあくかん》を植えつけられ、自分のしたいことより周囲の期待にこたえることを優先し、精神的にも肉体的にも疲労《ひろう》をためていった。三十八歳《さい》という短すぎる死にも謎《なぞ》が多い。

とはいっても、もしメンデルスゾーンがユダヤ人でなかったなら、そして深い教養の持ち主でなかったなら、さぞかし鼻持《はなも》ちならないうぬぼれた人間になっていたにちがいない。音楽も、ただ明るく調和のとれた優雅《ゆうが》なだけの代物《しろもの》になっていただろう。一見《いっけん》満たされた生活の裏に、深い苦悩《くのう》と静かな諦念《ていねん》をかかえていたからこそ、古典的でありながらロマンティック、ロマンティックでありながらどこか醒《さ》めたまなざし、というメンデルスゾーン作品の複雑な魅力《みりょく》が生まれたのだ。

同じことは、メンデルスゾーンと接点を持つアンデルセンとリンドにもあてはまる。

アンデルセンはだれも知るとおり極貧《ごくひん》に生まれ育ち、リンドは親の愛をまったく知らなかった女性だが、ともに血のにじむ努力のすえ世界的名声を得た。三人の生き方を見ていると、致命的《ちめいてき》と思われるような疵《きず》をバネに大きくなったのがわかる。まさに不運こそが幸運の鍵《かぎ》であった。

ドイツの作曲家メンデルスゾーン、デンマークの作家アンデルセン、スウェーデンのオペラ歌手リンド。彼らの深いかかわりは――アンデルセンはリンドに求婚《きゅうこん》し、リンドはメンデルスゾーンを恋《こい》し、メンデルスゾーンは……――それぞれの芸術に大きな影響《えいきょう》をあたえた。もしメンデルスゾーンがあれほど突然《とつぜん》、この世を去ったのでなければ、彼らの関係もまたずいぶん変わっていたかもしれない。運命というのは、なんとふしぎで奥深《おくぶか》いものか。

中野京子

〈メンデルスゾーンとアンデルセン〉をめぐる人たち（あいうえお順）

＊**アウエルバッハ**（1812〜1882）…ドイツの農村生活を描いた郷土文学作家。

＊**アンデルセン**（1805〜1875）…デンマークの詩人・童話作家。「アンデルセン童話集」「即興詩人」

＊**ヴァーグナー**（1813〜1883）…ドイツのオペラ作曲家。バイロイト祝祭劇場を設立。「ニーベルングの指輪」「トリスタンとイゾルデ」

＊**ヴィクトリア女王**（1819〜1901）…イギリス女王。その在位期間（1837〜1901）は大英帝国最盛期にあたり、〈ヴィクトリア朝時代〉と呼ばれる。

＊**ヴェーバー**（1786〜1826）…ドイツの作曲家。国民歌劇を確立。「魔弾の射手」

＊**カサノヴァ**（1725〜1798）…イタリアの文人。〈女たらし〉の代表者として名前を残す。「回想録」

＊**カント**（1724〜1804）…ドイツの哲学者。「純粋理性批判」

＊**グリム、ヴィルヘルム**（1786〜1859）…ドイツの言語学者・文学者。兄ヤーコプとともに「グリム童話集」を編纂。

＊**グリム、ヤーコプ**（1785〜1863）…ドイツの言語学者・文学者。

＊**ゲーテ**（1749〜1832）…ドイツの詩人・作家。ヴァイマル公国大臣。「若きヴェルテルの悩み」「ファウスト」

＊ケルビーニ（1760〜1842）…イタリアの作曲家。パリ音楽院設立。
＊シェークスピア（1564〜1616）…イギリスの劇作家。「ハムレット」「リア王」「真夏の夜の夢」
＊シューマン、クララ（1819〜1896）…ドイツのピアニスト・作曲家。ローベルト・シューマンの妻。
＊シューマン、ローベルト（1810〜1856）…ドイツの作曲家。「子どもの情景」「詩人の恋」
＊シュトラウス、リヒャルト（1864〜1949）…ドイツの作曲家。「ツァラトゥストラかく語りき」「サロメ」
＊シュライアーマッヒャー（1768〜1834）…ドイツの神学者・思想家。「宗教論」
＊ショパン（1810〜1849）…ポーランドのピアニスト・作曲家。「ピアノ協奏曲第一番」
＊シラー（1759〜1805）…ドイツの詩人・劇作家。「ヴィルヘルム・テル」
＊ツェルター（1758〜1832）…ドイツの作曲家。ベルリンのジングアカデミー責任者。
＊ディケンズ（1812〜1870）…イギリスの作家。「オリヴァー・ツィスト」「クリスマス・キャロル」
＊ティツィアーノ（?〜1576）…イタリアの画家。「聖愛と俗愛」
＊ナポレオン（1769〜1821）…フランス第一帝政皇帝。在位1804〜1815。失脚してセント・ヘレナ島に幽閉され死去。
＊ハイドン（1732〜1809）…オーストリアの作曲家。「天地創造」「軍隊交響曲」
＊ハイネ（1797〜1856）…ドイツの詩人・評論家。「歌の本」「ドイツ冬物語」
＊バイロン（1788〜1824）…イギリスの詩人。「チャイルド・ハロルドの遍歴」「ドン・ジュアン」
＊パガニーニ（1782〜1840）…イタリアのヴァイオリニスト・作曲家。「ヴァイオリン協奏曲第三番」

＊**バッハ**（1685～1750）…ドイツの作曲家。「マタイ受難曲」「ブランデンブルク協奏曲」

＊**バルザック**（1799～1850）…フランスの作家。近代小説の先駆者。「ゴリオ爺さん」「谷間の百合」

＊**ヒトラー**（1889～1945）…オーストリア生まれのドイツ独裁政治家。ナチス党党首。第二次世界大戦をひきおこし、ベルリン陥落後、自殺。

＊**ブラームス**（1833～1897）…ドイツの作曲家。「交響曲第四番」「ヴァイオリン協奏曲」

＊**フリードリヒ＝ヴィルヘルム四世**（1795～1861）…芸術の保護者として知られるプロイセン王。在位1840～1861。

＊**フンボルト、ヴィルヘルム・フォン**（1767～1835）…ドイツの政治家・言語学者。ベルリン大学創設。

＊**ヘーゲル**（1770～1831）…ドイツの哲学者。「精神現象学」

＊**ベートーヴェン**（1770～1827）…ドイツの作曲家。「交響曲第5番〈運命〉」「皇帝」

＊**ヘンデル**（1685～1759）…ドイツの作曲家。イギリスで活躍。「水上の音楽」「メサイア」

＊**ホッベマ**（1638～1709）…オランダの画家。「ミッデルハルニスの並木道」

＊**マイヤーベーア**（1791～1864）…ドイツのオペラ作曲家。「悪魔のロベール」

＊**メンデルスゾーン、ファニー**（1805～1847）…ドイツの作曲家。フェリックス・メンデルスゾーンの姉。「歌曲集」

＊**メンデルスゾーン、フェリックス**（1809～1847）…ドイツの作曲家。「ヴァイオリン協奏曲」「真夏の夜の夢」「エリヤ」

＊メンデルスゾーン、モーゼス（1729～1786）…ドイツの哲学者。「感覚についての書簡」

＊モーツァルト（1756～1791）…オーストリアの作曲家。「フィガロの結婚」「魔笛」「ドン・ジョバンニ」

＊モシェレス（1794～1870）…チェコのピアニスト・作曲家。

＊ヨアヒム（1831～1907）…ハンガリーのヴァイオリニスト・指揮者。

＊ラ・フォンテーヌ（1621～1695）…フランスの詩人。「寓話集」

＊ライプニッツ（1646～1716）…ドイツの哲学者。微積分法を発見。

＊ラファエロ（1483～1520）…イタリアの画家・建築家。サン・ピエトロ大聖堂を造営。「聖母子像」

＊リスト（1811～1886）…ハンガリーのピアニスト・作曲家。「ハンガリー狂詩曲」

＊リュリ（1632～1687）…イタリアの作曲家。フランスに帰化。「アティス」

＊リンド（1820～1887）…スウェーデンのソプラノ歌手。

＊ルイ十四世（1638～1715）…フランス国王。在位1643～1715。太陽王と呼ばれ、フランス絶対主義を確立。

＊ルター（1483～1546）…ドイツの宗教改革者。聖書を独訳。

＊レッシング（1729～1781）…ドイツの劇作家。「ラオコーン」「賢者ナータン」

＊ロッシーニ（1792～1868）…イタリアのオペラ作曲家。「セヴィーリャの理髪師」「ウィリアム・テル」

著者／中野京子（なかの・きょうこ）

ドイツ文学者。早稲田大学講師。著書に「オペラでたのしむ名作文学」(さ・え・ら書房)「情熱の女流昆虫画家メーリアン」(講談社)「恋に死す」(清流出版)「紙幣は語る」(洋泉社)「恋するヒロイン」(ショパン)「オペラギャラリー50」(共著・学研)など。朝日新聞ブログ〈ベルばらKidsぷらざ〉にてエッセー「世界史レッスン」を連載中。

＊参考文献

「Das Tagebuch der Hochzeitreise nebst Briefen an die Familien」(Felix Mendlssohn-Bartholdy)
「Felix Mendelssohn-Bartholdy」(Hans Christoph Worbs)
「Jenny Lind」(Edward Wagenknecht)
「Jenny Lind—The Swedish Nightingale」(Eva Oehrstroem)
「Kleine Musikugeschichte fuer die Jugend」(Friedrich Herzfeld)
「ニューグローブ世界大音楽事典」
「大音楽家の病歴」(ディーター・ケルナー)
「死因を辿る——大作曲家たちの精神病理のカルテ」(五島雄一郎)
「天才と病気」(ネストール・ルハン)
「名曲物語」(野呂信次郎)
「名曲をたずねて」(神保環一郎)
「紙幣は語る」(中野京子)
「人名の世界地図」(21世紀研究会編)
「ユダヤ人音楽家」(牛山剛)
「ロマン派の旗手——メンデルスゾーン、シューマン、ショパン」(ピエロ・ラッタリーノ)
「メンデルスゾーン家の人々——三代のユダヤ人」(ハーバート・クッファーバーグ)
「女性作曲家列伝」(小林緑)
「ジェニー・リンド物語」(森重ツル子)
「アンデルセン自伝」(ハンス・アンデルセン)
「アンデルセンの生涯」(山室静)
「アンデルセンの世界」(山室静)
「図説アンデルセンの世界」(レジナルド・スピンク)

メンデルスゾーンとアンデルセン

2006年4月　第1刷発行　　2017年6月　第3刷発行
著　者／中野京子
発行者／浦城寿一
発行所／さ・え・ら書房　〒162-0842 東京都新宿区市谷砂土原町3-1　Tel.03-3268-4261
http://www.saela.co.jp/
印刷／三秀舎　製本／東京美術紙工　Printed in Japan

ISBN978-4-378-02841-5　NDC289